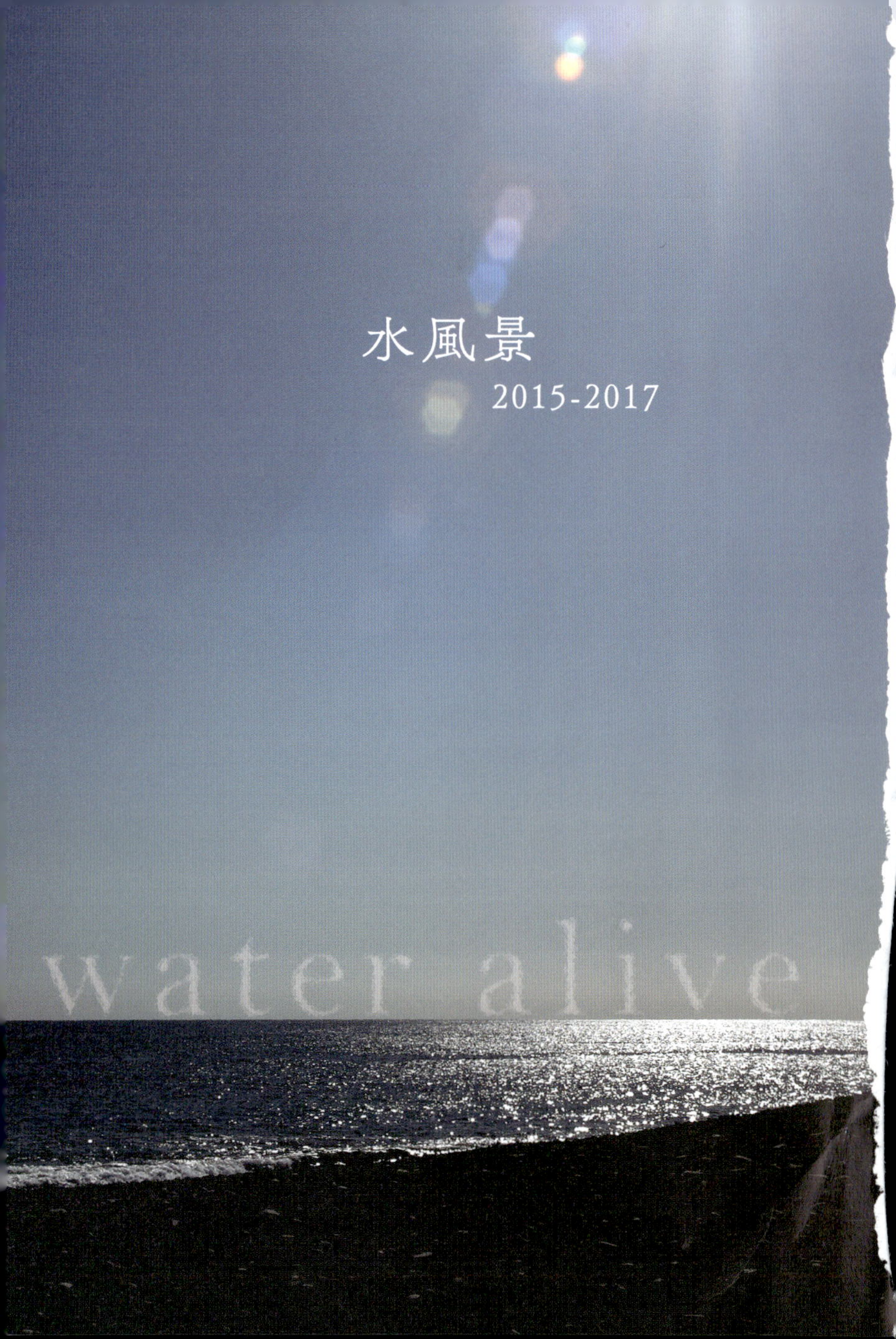
水風景
2015-2017
water alive

まえがき

「水は地球を巡ります。空からこぼれたひとしずくは、地表にたたえられます。
水は太陽の光を受け、ふたたび空へ。世界中の誰もが、この循環のなかで生きています」

　この文章、いや、コメントは、J-WAVEにて毎週金曜日の午前6時45分から皆様のお耳にお届けしている「クリンスイ」コーナーの導入部分です。

　六本木ヒルズタワーの33階にあるスタジオからの眺めはまさにこの「循環」が見て取れる気がします。晴れていると、「この陽気で雲ができるんだな」と、とても大雑把な解釈。雨が降っていると「太陽が作ってくれた雲からの雨だな」なんて思っています。

この大いなる循環で地球上の命、そして人間は生まれ、育まれ、恵まれ、逆に、翻弄され、生死の境を歩んできました。しかし、今は昼夜関係なく動く都会。春夏秋冬問わず快適な室内。太古からその大いなる自然の営みの中に生きているのに、その存在を尊敬し、また、畏怖する時間と余裕が失われているような気がします。

実は、私も心が穏やかなときにしか、前述の大気の循環に思いを馳せることができません。願わくは、どんなときにでも、朝4時30分前の出勤前の天気に左右されず、鷹揚にその循環に身を任せたいものです。

ジョン・カビラ

water alive 2015年

小林聖太郎

映画監督

生活臭のある川ほとりで

私が子供時代をすごしたのは、大阪の町中です。
近くを流れる東横堀川は、
高速道路とビルに囲まれ
よどんだにおいのする川でした。

二〇〇六年、監督デビューとなった「かぞくのひけつ」や
今月末公開の最新作の「マエストロ！」にも、
重要な場面で川が登場するのですが、
どちらも決して美しいとは言えない川です。

鮭は産まれた川の水の匂いを忘れずに、
産卵に戻ってくるといいますが
無意識のどこかに
そのにおいが染みついているのかもしれません。

ばん馬の息も、美しかった

助監督時代、北海道の帯広にある、
ばんえい競馬の厩舎に、約三ヶ月間住み込んで
撮影の準備をしたことがあります。

マイナス三〇度の寒さの中、
朝四時から夜八時まで馬の世話に明け暮れました。

夜明け前、馬を運動に連れて行くのですが、
馬が吐いた息がその場で凍り、
ダイヤモンドダストとなってキラキラと輝く光景は、
実に神秘的な美しさで、今も忘れられません。

不思議なことに、一番美しい日の出の時間帯は、
夜中よりも寒いのです。
素晴らしいものは
タダでは手に入らないということでしょうか。

2015.1. Seitaro KOBAYASHI

2015.1. Seitaro KOBAYASHI

うどんの味には こだわっていた

東京に出て来た当初は、食べ物全てが塩辛く感じました。
特にあの、真っ黒い、塩辛い汁に浸かったうどんは苦手で、
仕方なく自分で昆布鰹だしをとって、
青ネギと細く刻んだ油揚げを乗せたきざみうどんを、
よく作ってました。

あれから一九年。
先日、久しぶりに大阪でざるそばを食べたところ
つゆがとても甘く感じてしまいました。

いつのまにか、こちらの体の塩分濃度が
変わってしまったのかもしれません。
そばには、やっぱりキリッとからいつゆがいいですよね。

雨と戦う現場事情

助監督として参加していたあるロケーション。
あとワンカット、という時にどしゃ降りの雨で
撮影が中断しました。

そのまま数時間、先輩助監督がたった一人で、
雨空を睨んで立ち続けていました。
スタッフの士気も下がっていたので、
「今日はもう帰りましょう」と言いかけたとき、
雨の勢いが急に弱まり始めたのです。

「準備再かぁーっい!」の一言で、
全スタッフが戦闘モードに変わりました。
五分後に無事撮り終えた時、再び豪雨が。
撮りたいものを決して諦めてはいけない、
と教えられた瞬間でした。

2015.1. Seitaro KOBAYASHI

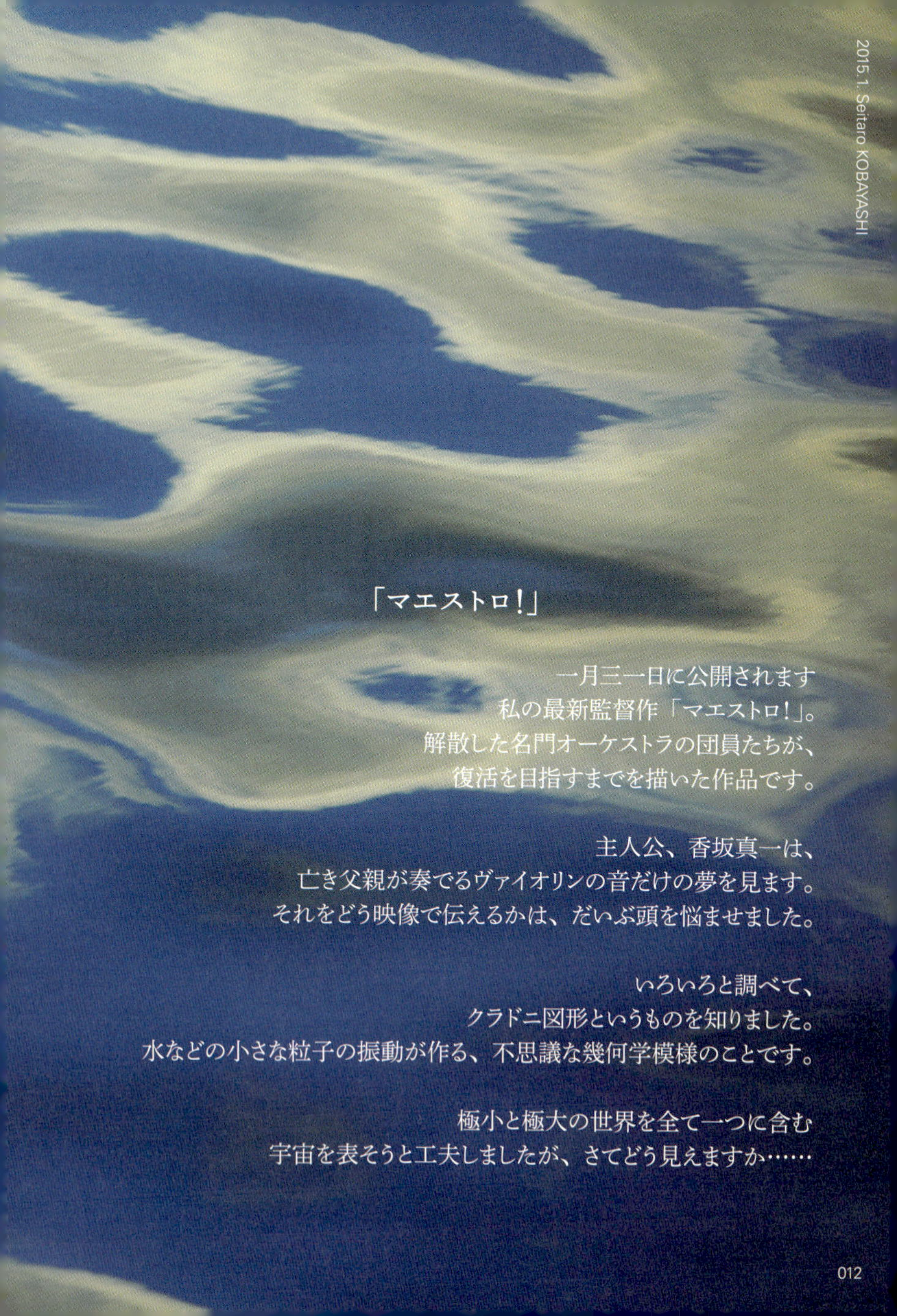

「マエストロ！」

一月三一日に公開されます
私の最新監督作「マエストロ！」。
解散した名門オーケストラの団員たちが、
復活を目指すまでを描いた作品です。

主人公、香坂真一は、
亡き父親が奏でるヴァイオリンの音だけの夢を見ます。
それをどう映像で伝えるかは、だいぶ頭を悩ませました。

いろいろと調べて、
クラドニ図形というものを知りました。
水などの小さな粒子の振動が作る、不思議議な幾何学模様のことです。

極小と極大の世界を全て一つに含む
宇宙を表そうと工夫しましたが、さてどう見えますか……

013 小林聖太郎

2015. 1. Seitaro KOBAYASHI

DIMENSION

ミュージシャン

小野塚晃さん、湧き水へのこだわり

DIMENSIONのキーボーディスト小野塚晃です。

昔からアウトドアが大好きで、特に、湧き水が好きなんです。

休日のたびに、キャンピングカーで、関東近郊へ出かけ、湧き水を汲みに行くんですよ。

ちょっと遠いのですが、富山県の黒部には、生地《いくじ》という有名な湧き水があって、
そこの水で金魚を飼ったら、卵を孵化することができたんです。

普通の水ではなかなかできなかったので、これはびっくりしました。

水の味がわかるのは、私たち人間だけではない、
水が持つ、環境への力を再認識しました。

勝田一樹さんの故郷、横須賀の港

DIMENSIONでサックスを担当しています、勝田一樹です。
私が生まれたのは、神奈川県の横須賀なので、
海や港にまつわる思い出は、たくさんあります。

中でも忘れられないのが、浦賀の造船所です。
進水式があると聞くと、必ず見に行っていました。

大きなタンカーが、海に入っていくと、ドック全体に水があふれ、その水を浴びて、
びしょぬれになるのがとても楽しかったんです。

いまはもう、造船所はありませんが、
あの時見上げたタンカーは今もどこかの海で活躍しているかもしれませんね。

増崎孝司さん、
釣りは心のよりどころ

DIMENSIONのギタリスト、
増崎孝司です。
じつは、音楽と同じくらいに
釣りが好きでして、
時間があれば、
釣りの道具を持って
海や川へと出かけてます。
レコーディング中のスタジオで
テレビの釣り番組に
見入ってしまって
仲間から冷たい目で
見られてしまうくらいです。

ゴーアップ・ストリーム

【増崎】
DIMENSIONのメンバーは、
みんな行動派ですね。
私、増崎の釣り好きは、
スタッフにも呆れられてますし、
休みにはバイクや
クルマで遠出していって、
スタジオでは、
お出かけ自慢に花が咲いてます。

いちど、大きな
クロダイを釣り上げて
スタジオに持ち込んだときは
みんなに呆れられてしまいましたが
果物ナイフで無理やり調理して、
楽しくおいしく食べました。
釣りは自然とのコミュニケーション、
私の心のよりどころです。

【勝田】
勝田です、
みんな水辺が好きなんですよ。
ツーリングも、
山中湖や芦ノ湖とかが
最高だし、
小野塚さんは
湧き水マニアだし。

【小野塚】
そもそもＤＩＭＥＮＳＩＯＮ、
ファーストアルバムの1曲目が、
「ゴーアップ・ストリーム」、
川の流れに逆らって、ですから。

【増崎&勝田】
さすが小野塚さん！
これからも水とともに、
楽しく行きましょう！

笹本玲奈

女優

利根川とゴールドコースト

千葉県の柏市で生まれ育った私が、
最初に思いつく水辺の風景は、利根川です。
夏にはジェットスキーや、パラセーリングなど、
レジャーの舞台にもなりますが、田園地帯が広がる、のどかな風景です。

そして一〇年前、家族と行った、オーストラリアのゴールドコーストビーチ。
どこまでも続く青空の下、見渡す限り、
青い海と、真っ白な砂浜が広がる、感動的な光景でした。

川は利根川、海はゴールドコースト!
距離は離れていても、どこかで水は、つながっているんですね。

湯船いっぱいに癒されて

プライベートで一番の楽しみはお風呂、温泉や銭湯の、広い浴槽が大好きなんです。
関東には、黒湯という温泉に入れる銭湯があり、
お肌がつるつるになるので、お気に入りです。
温泉は、母と二人で、お湯の成分にこだわって、旅行を楽しんでいます。
体を駆使する女優にとって、筋肉痛は職業病ですが、
湯船につかると、体中の血流が一気に広がるような、
開放的な気分になり、心も体も癒されます。
皆さんもオススメの温泉があったらぜひ、教えてください。

2015.3. Rena SASAMOTO

2015.3. Rena SASAMOTO

遠泳の思い出

私が通っていた小学校では、
遠泳が伝統行事で、五年生になると
長崎県の平戸まで行って、
全員参加の一〇キロの遠泳大会がありました。

プールでの練習は厳しいし、
海に入れば、海水の塩辛さと波の怖さで、
毎日、泣いていました。

でも練習のおかげで、泳いでいる途中に
体を、ぷかーっと浮かせて
休憩できるようになりました。
これが気持ち良いんです。

いまも海に行くと、
長時間、気持ちよく泳げます。
あの日の涙にも、感謝しています。

ホットヨガで知る水の摂取

昨年六月、ミュージカル「ミス・サイゴン」で
共演した方からのおすすめで、
ホットヨガを始めました。

レッスンはとてもハードで、
一時間のプログラム中に、
一リットルの水を、自然に吸収するように
飲みほしてしまうほどです。

ホットヨガを通じ、
水をたくさん飲むようになってからは、
肌のつやも、胃腸の調子も
ぐんと良くなりました。

人間は、一日二リットルの水を飲まなくては
いけないそうですが、
今は、水を取る大切さを、実感しています。

2015.3 Rena SASAMOTO

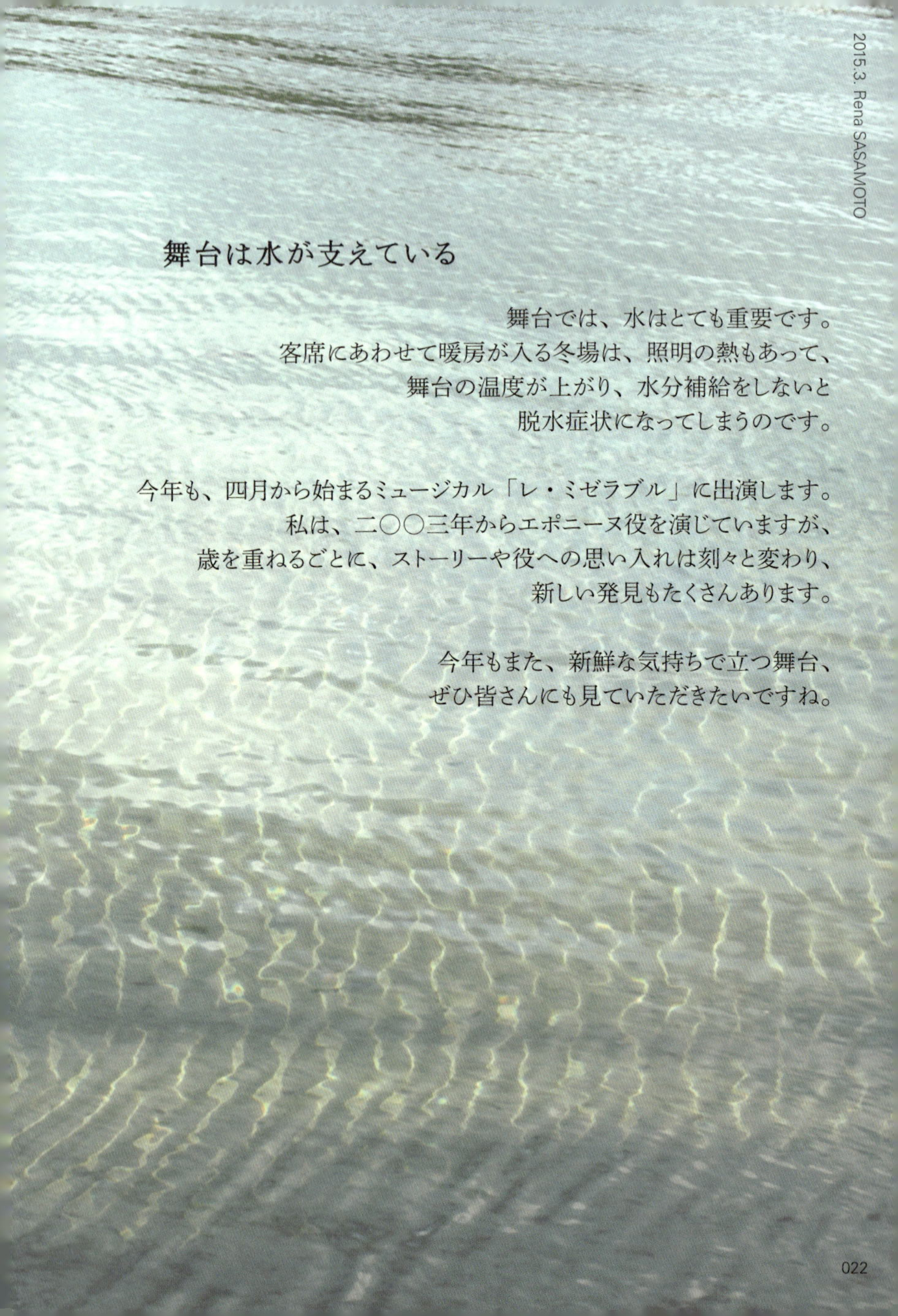

舞台は水が支えている

舞台では、水はとても重要です。
客席にあわせて暖房が入る冬場は、照明の熱もあって、
舞台の温度が上がり、水分補給をしないと
脱水症状になってしまうのです。

今年も、四月から始まるミュージカル「レ・ミゼラブル」に出演します。
私は、二〇〇三年からエポニーヌ役を演じていますが、
歳を重ねるごとに、ストーリーや役への思い入れは刻々と変わり、
新しい発見もたくさんあります。

今年もまた、新鮮な気持ちで立つ舞台、
ぜひ皆さんにも見ていただきたいですね。

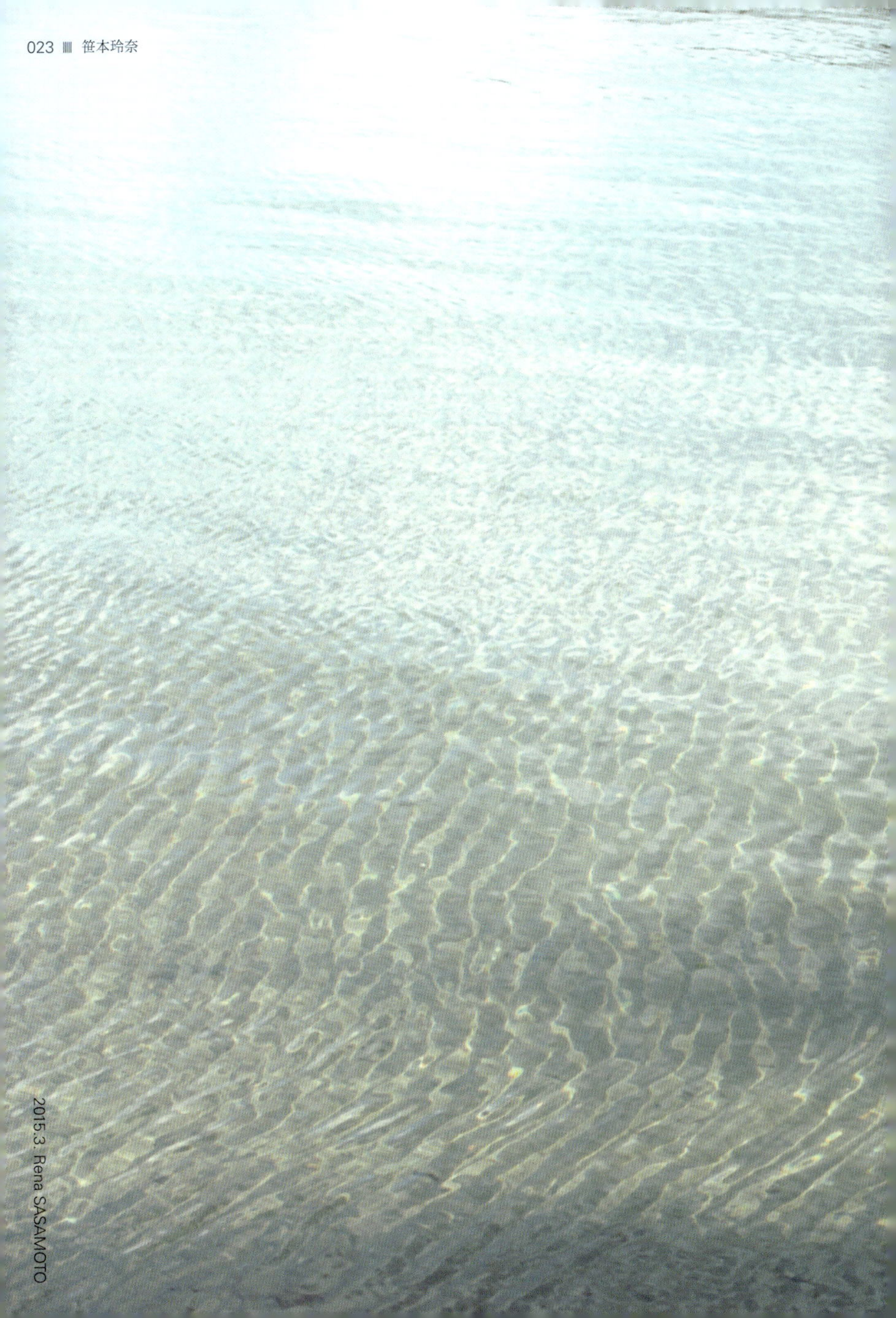

2015.3. Rena SASAMOTO

大宮エリー

作家／演出家

水のお告げ

はじめて撮らせていただいた映画、「海でのはなし」をはじめ、私には、水辺を舞台にした作品がたくさんあります。無意識だけど、水辺の風景が好きなようです。

以前、もう仕事をしたくないと悩んでいた私は、友人に誘われてスウェットロッジという、ネイティブ・アメリカンの儀式に参加したことがあります。ナバホ族の洗礼を受けた預言者の方に、「あなたは、メッセンジャーだ。伝えるという仕事を続けていきなさい。つらくても、あなたは水に救われる」と、いわれました。それからは毎日水に感謝してなんとか仕事をがんばっています。

夜の海

深夜、タクシーに乗って、海へ行ったことがあります。

「海へ行ってください」という私に、
運転手さんも困っていましたが、
羽田空港の近くの、弁天橋へ、連れて行ってくれました。

幸せそうなカップルや、残念ながら別れ話をしているカップル、
若い男の子たちや、一人きりで本を読んでいるサラリーマン、
予想外にいろんな人がいる、夜の海。

夜の海は、海の気配だけを感じる、不思議な世界です。
でも、自分を包み込んでくれて、嫌な気分も飲み込んでくれるような、
とても静かな気分になれるのです。

2015.4 | Ellie Omiya

2015.4. Ellie Omiya

キッチンで、気分転換

毎週連載の仕事があるのですが、執筆のときは家にこもってしまうので、
煮詰まったときの気分転換は、けっこう大切です。

私の場合は料理です。
料理をしている間だけさぼることができるから
その時間が待ち遠しいのです。メインはシンプルな和食です。
温泉の水でごはんを炊いてみたり
だしをとった大根の味噌汁にごま油や生姜のアクセントをつけたり。

春菊の白和えが大好きで、たくさん作って、たくさんご飯にかけて食べます。

シンプルな料理ほど、水加減が大事なので、
おいしい水で、おいしいお料理を楽しんでいます。

青ガニのさわっち

私の最新刊「猫のマルモ」は、日ごろ、私たちみんなが感じている悩みを
いろんな生き物で表現した、大人向けの童話集です。

その中の一話、「青ガニのさわっち」は、みんなと同じペースで行動できない、ドン臭い沢蟹の話。

ドン臭いからこそみんなには見えない世界がある。

以前、沖縄のマングローブで見た、砂浜が染まって見えるほど大量の青蟹が、
人が来た瞬間に、土にもぐってしまう光景からヒントをもらいました。
コンプレックスが強みになる話。読んでいただけたら、嬉しいです。

2015.4. Ellie Omiya

2015.5. Yoichiro NISHI

西 陽一郎

西酒造株式会社代表取締役

酒造りの原点、永吉川

近所の永吉川が夏休みの遊び場でした。
子どもの僕たちは自転車に飛び乗り、
競争するように坂道をかける。

汗が噴き出す頃、永吉川の清流が見えてきます。

切り立った岩場の下には澄み切った水。
僕らは裸で飛び込みます。

悠々と泳ぐ魚たち、そして夏草の匂い
酒を作るための水を探し、
芋畑を耕す焼酎造りに
自然を求める原点はあのころでしょうか。

突然の酒つくり

蔵の創業はペリー来航のころ。
八代目として生まれ東京農大の醸造科へ。
卒業後、酒問屋に就職。
五年のつもりが実家の杜氏がけがをし
一年で急遽、蔵に戻ります。

突然向き合った芋と糀、そして酵母。
学んだ醸造学で乗り切りました。

わかったのは水の大切さ。
酒の見せる表情ががらりと変わるんです。

人間もきれいな水が不可欠。
糀も酵母も同じ生き物。

水を知る、酒造りの基本です。

2015.5. Yoichiro NISHI

2015.5. Yoichiro NISHI

天がくれた水

八年前、蔵の移転を考えたとき、
最初に求めたのは水でした。

いくつもの湧水を見て、
地下水の味をきき、成分を分析する日々。

ただただ、過ぎゆく時間。
あるとき、出会った水の味。

清冽な味わいの中に大地の響きを感じました。
水源は山の中にありました。
なるほど、水も大地の恵み。
出会わせてくれた酒の神様に感謝です。

水と酒造り

蔵には水神様と
氏神様を祀っています。
ここでたくさんの願い事はしません。
祈るのは酒造りができる感謝と
働く蔵人の無事。

他に私たち蔵人が望むものは
美味しいお酒ができあがること。

それが宝山を飲む人の
喜びになると信じて
励む毎日です。

水は万物の根源。
水、そのものが
神様なのかもしれません。

2015.5. Yoichiro NISHI

薩摩の酒、焼酎

薩摩の方言で焼酎を飲む時を「だれやめ」といいます。
だれは疲れ、やめは止めるという意味です。

焼酎は癒しとこころの安らぎをもたらす
活力源という薩摩の思いです。

美味しい酒を例えるとき五臓六腑に染み渡る、と言います。
身体に染み入る酒だから私たち蔵人が責任を持つ。
私たちは芋を仕入れるものではなく
薩摩の大地で育てています。

芋畑という「屋根のない蔵」での酒造りです。

2015.5. Yoichiro NISHI

蒼山幸子

エレクトロニックロックバンド ねごと

隅田川のほとり

子供の頃、私の家は
東京の上野にありました。
休日は、父や妹といっしょに、
隅田川沿いを歩いたことを、覚えています。

その後、父の生まれ故郷であった千葉県の成田へ引っ越すと、
まわりは田んぼばかりでしたが。
水を張った田んぼはとても美しく、
自然に囲まれた生活が、大好きになりました。

曲を作るとき、海や、川など水辺の景色からインスピレーションを
受けるのが多いのも小さいころのその記憶が
私の心の原点になっているからだと思います。

サントリーニ島の夕日

二〇一一年、デビューから一年が過ぎたころ、
私は初めて、海外への一人旅に行きました。

行き先は、南エーゲ海に浮かぶ、
ギリシャのサントリーニ島。

ずっといきたかったその場所は
想像以上に素晴らしい世界でした。

世界一美しいといわれる、イアの夕日に、
世界中から訪れる観光客が、
心魅せられ、みんなでひとつになって
拍手を送るその瞬間は
国境や民族を越えてしまう自然の偉大さに感動した
忘れられない思い出です。

2015.6. Sachiko AOYAMA

2015.6. Sachiko AOYAMA

美しい景色を音楽に乗せて

デビューミニアルバム
「Hello! "Z"」の「夕日」をはじめ、
二〇一五年に発売したアルバム「VISION」の
「Time Machine」など、
ねごとの曲には、海辺の景色が多く登場します。

私の心にあるその海辺の心象風景を
聴いているみんなにも
同じように感じてもらいたい

そんな風に言葉と音が
重なる瞬間に見える景色というものを
いつも大切にしながら曲を作っています。

水分補給で体質改善

ライブパフォーマンスのために、
体力維持は欠かせません。
私の場合、汗をかきにくい体質なので、
ホットヨガと半身浴を行ない、
意識的に水を多く飲むようになりました。

コーヒーやお酒も大好きなのですが、
寝る前と、朝起きたときには、
白湯を飲むようにしたり、
水分補給には、とくに気をつかっています。

ちなみに、ねごとのドラマーの小夜子は
甘いものが大好きで、ステージドリンクもココアです。
体調管理も、人それぞれですね。

2015.6 Sachiko AOYAMA

2015.7 Hiroshi EGUCHI

江口宏志

本好き・蒸留家見習い

川の流れとカヌー

大学時代、渓流に作られたコースを下る
スラロームというカヌー競技に夢中になりました。

タイムを競うのも楽しいのですが、川と自然の魅力にも目覚め、
北海道の釧路川、岐阜の長良川や、四国の吉野川など、
日本全国を回りました。

カヌーに乗ると、目線は、水面とほぼ同じ高さになり、
川の上を滑っているような気分になります。
激しい流れの中では人間の力は通じません。

流れを利用しながら、川と一緒に遊ぶ。
最近はやっていませんが、
ゆるやかな流れからまた始めてみたいですね。

ユトレヒトの運河生活

本好きが高じて、本屋を始めようと思ったとき、
本の買い付けで行ったのがオランダでした。

町中の広場で開かれていた蚤の市で見つけた古い本。
表紙のビジュアル、そして中のデザインなどがとても印象的だったのです。

オランダのユトレヒトという都市では、
教会を囲むように運河が流れています。
そこでは人々が船で移動したり、
運河沿いや船の上のレストランで食事をしたりと、
水が生活に密着しています。

帰国後、書店の名前にユトレヒト、とつけたほど、
僕には心地よい街でした。

2015.7 Hiroshi EGUCHI

2015.7 Hiroshi EGUCHI

水にまつわるオススメの本【その1】

今週は水にまつわる本を紹介しましょう。
スイスの出版社が発行した、
「Who Owns The Water?」という、
五百ページを超える厚い本があります。
「水は誰のもの?」というテーマで、
水にまつわるあらゆるデータを、
インフォグラフィックで示しています。

今でも世界の一〇人以上の人々は、
安全な飲料水が常時手に入るわけではなく、
また、二〇億人は不安定な衛生状態で暮らしています。

そういったことを、
決して主張を前面に出すことなく、
データの積み重ねから読者を導く、
スマートな一冊です。

水にまつわるオススメの本【その2】

今週も、水にまつわる本を紹介しましょう。
作家、環境保護主義者として知られる、
ロジャー・ディーキンが書いた
「イギリスを泳ぎまくる」という本。

タイトルの通り、イギリス中の海や川、沼、
さらに用水路、果ては氷の下、
三〇カ所以上で泳いだ体験記です。

雨が地面に落ちて川に流れこみ、
時間をかけて海へと注ぎこむように、
彼はゆっくりと、
その土地土地で泳ぐことを楽しみます。
まるで水の中で手を動かした時のような、
奇妙な感覚のある文章がとても魅力的です。

2015.7 Hiroshi EGUCHI

蒸留酒作りの道へ

いまは、蒸留という技術に興味があって、今年の夏から、
ドイツへ蒸留酒作りの修業に行ってきます。

もともとはベルリンでアートブックを作っていた方が、
現在は昔ながらの蒸留方法を再現し、
農場で育てたフルーツ等を原料に、
ブランデーやジンを造っているのです。

昨年、会ったときに、アーティストの作品を本にまとめることと、
自然の素材を、蒸留によって、お酒にすることとは
共通する部分がたくさんあると言われ、
とても共感したのです。

いつか日本でも、僕が作った
蒸留酒を味わってもらえたらうれしいですね。

2015.7 Hiroshi EGUCHI

KIKI

モデル

山の魅力

もう一〇年近く前、
友人に誘われて、はじめて八ヶ岳に登りました。
以来、ヨーロッパや南米、アラスカなど
海外の山にも出かけるようになり、山ガールという
言葉の範疇を超えて世界中で登山を楽しんでいます。

山の魅力といえば、都会では見られない
雄大な景色もすばらしいですが
仲間たちといっしょにすごす時間や、
山小屋で出迎えてくれる人々の笑顔が、
何よりもいとおしい。

山の魅力は、人の魅力でもあるのです。

雨の山道

天気の良い日の山歩きは、
もちろん気持ちいいのですが
雨の山歩きも、とても魅力的です。

たとえば北八ヶ岳。
都心から二時間もあれば行くことのできる、
私には、身近な山ですが、
青々とした豊かな森が広がる、
とても魅力的な山です。

雨の中、足もとに気をつけて歩いていると、
キノコやコケなどの小さな植物が、
しっとりと水を滴らせ、
普段以上に美しい姿を見せてくれます。
雨だからこそ楽しい山歩き、森歩き、
皆さんの近くにも、きっとありますよ。

氷河の話

山で見た美しい景色は、
数え切れないほどありますが
ひとつを挙げるなら、
アラスカで見た、氷河です。
何万年も前に降った雪が足元にあり
目には見えませんが、
ゆるやかな流れが続いているのです。

氷河の表面は真っ白ですが、氷の単結晶は青く、
溝の中をのぞくと、
例えようのない美しい青色が見られます。

偶然にできた、氷河のトンネルを歩く機会があり、
神秘的な青色に囲まれた世界は、
サーフィンでいうチューブの中にいるような、
感動的なひと時でした。

グリーンスムージー

六年ほど前から、湘南に住んでいます。
海にも、山にも近くて、とても快適な環境です。

新鮮な野菜や魚が手に入るのがうれしくて、
特に、市場で買う野菜は、
土地のものと旬のものが中心で、
味がとても濃く感じます。

ホウレンソウやパセリ、春菊やコマツナ、
それに、ニンジンの葉っぱなども入れた、
オリジナルのグリーンスムージーは
毎日に活力を与えてくれます。

時には庭で育てている野菜を使ったりもするのです。
快適で健康な生活に、
水と野菜は、欠かせないパートナーです。

2015.8. KIKI

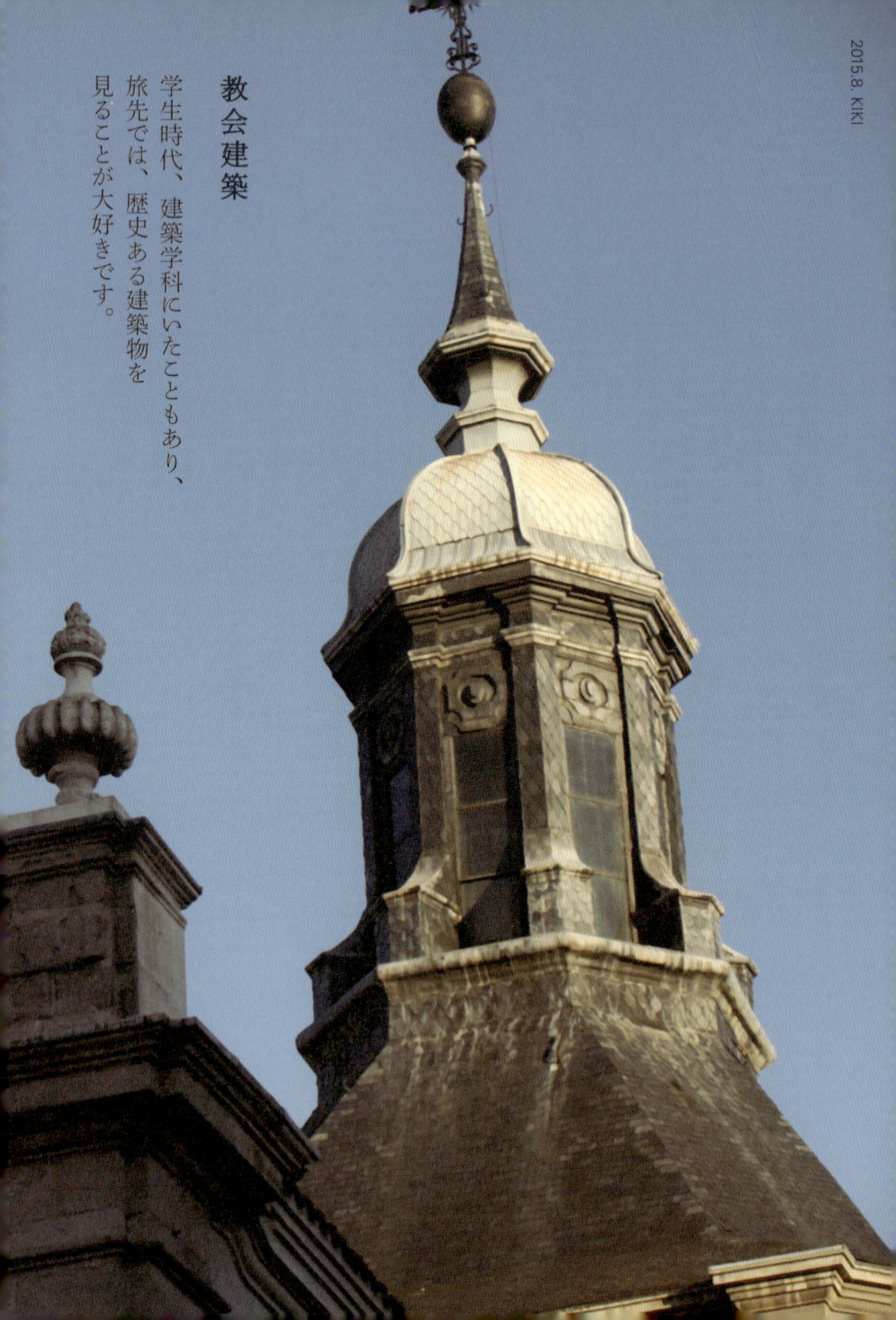

2015.8 KIKI

教会建築

学生時代、建築学科にいたこともあり、
旅先では、歴史ある建築物を
見ることが大好きです。

なかでも教会建築には、
強い興味があります。
信仰を通して、土地の文化が
見えてくるのが面白いです。

たとえば、ノルウェーで見た、
美しい木造の教会群、
スターブチャーチ。
高い屋根を支える、
強固な骨組みは、
八〇〇年以上の昔、
バイキングたちが
海で学んだ造船技術を活かして
建てたのだそうです。

人と自然が育んできた、
美しい景観と技術を、
これからも
リスペクトしていきたいです。

2015.8. KIKI

二宮清純

スポーツジャーナリスト

遊びの舞台は、川でした

私が生まれ育ったのは、愛媛県の八幡浜市。
子供の頃は、高知の四万十川や、愛媛の肱川など、川で遊ぶのが大好きでした。

川底が透けて見えるほど、きれいな水で、
流れが速く、水温が急に変化したり、自然のスリルを満喫しました。
泳ぐ以外にも、花火やバーベキュー、そして釣り。ハヤは、網ですくえるほどでした。

川の音は、日本人のリズムに合っていると思います。
いまでも、川のせせらぎを聞くと、心地よさと安らぎを感じます。

吹雪の長野で

一九九八年、長野オリンピック。
ノルディックスキー、ジャンプ団体戦。
日本が大逆転で金メダルを獲得したあの日、私は、
現地・白馬で取材をしていました。

朝からの吹雪は、選手たちを大いに悩ませましたが、
取材していた私自身も、ノートは半紙のようにペラペラになり、
ボールペンで書いた文字はすぐに消えてしまいました。

悪天候の準備もしていたのですが、予想をはるかに上回る自然の力は、
表彰台にあがった原田、船木、斉藤、岡部の四人の笑顔とともに、
今も忘れることができません。

2015.9. Seijun NINOMIYA

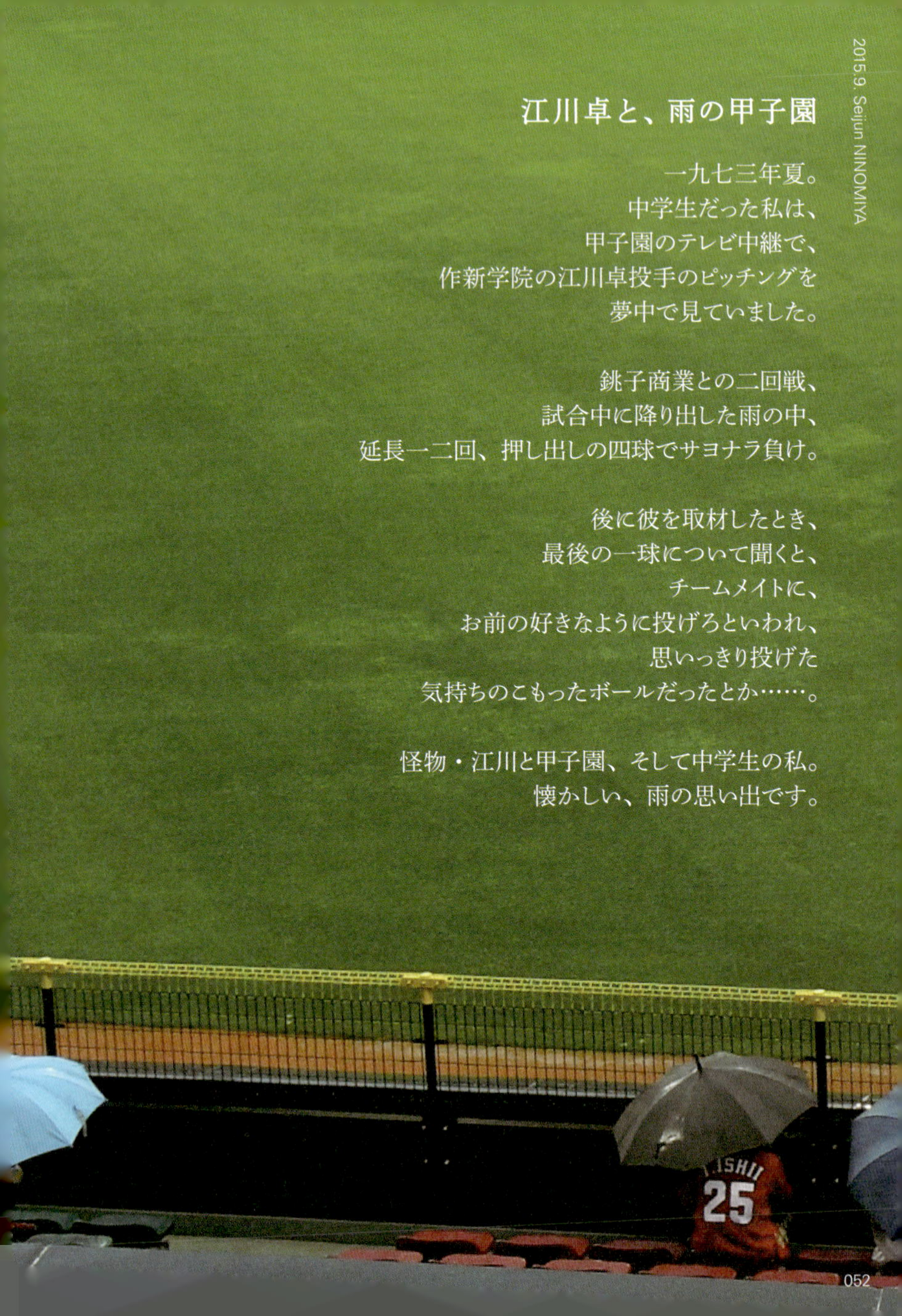

江川卓と、雨の甲子園

2015.9. Seijun NINOMIYA

一九七三年夏。
中学生だった私は、
甲子園のテレビ中継で、
作新学院の江川卓投手のピッチングを
夢中で見ていました。

銚子商業との二回戦、
試合中に降り出した雨の中、
延長一二回、押し出しの四球でサヨナラ負け。

後に彼を取材したとき、
最後の一球について聞くと、
チームメイトに、
お前の好きなように投げろといわれ、
思いっきり投げた
気持ちのこもったボールだったとか……。

怪物・江川と甲子園、そして中学生の私。
懐かしい、雨の思い出です。

温泉に癒されて

講演の仕事では、
温泉地に呼ばれることが多く、
行く先々で、一番風呂につかるのが、
なによりも楽しみです。

北海道の登別や、群馬県の草津、
長野県の野沢温泉や、鳥取県の皆生温泉、
熊本県の黒川温泉など、
印象に残っている温泉はたくさんあります。

故郷、愛媛県の道後温泉と、
豊予海峡を渡ってすぐの、大分県の別府温泉は、
子供の頃からのお気に入りです。

体も心も癒されながら、
温泉のありがたさをしみじみと感じています。

2015.9. Seijun NINOMIYA

ルーク篁
ミュージシャン

海の魅力

聖飢魔IIに加入したばかりのころ、
ツアーで毎年沖縄に行ってまして、
以前から興味のあったスキューバダイビングの
免許を取ろうと思い立ちました。

数日間かけて重器材の仕組みやらを
勉強する学科と、プールや陸からのエントリーでの
実地のカリキュラムも順調にこなしてきました。

そして、最後にいよいよ船に乗って
水のキレイなポイントまで行くわけですが

こんな私にも弱点があります。

それは、船酔いをするということです。

オーマンマミーア！

以降、折角免許をとったものの
潜ったことはありません。

ずぶぬれ自転車

都内での移動には、自転車を使っています。
都会のど真ん中を颯爽と風を切って走るのは
街の空気を独り占めしたみたいでとっても気持ちが良いものです。

もちろん都会を離れて海岸沿いのツーリングなんてのもいいですよね。

たとえ天気予報が雨でも出発するときにふっていなければ
構わず自転車で出かけてしまうので
出先で雨にあうなんてことも度々あります。

そんなときは開き直ってずぶ濡れで帰ります。

傘は危険なので絶対にさしません。
さすなら乗るな、乗るならさすな　です。

2015.11. LUKE TAKAMURA

2015.11. LUKE TAKAMURA

コーヒーから水へ

若い頃は、コーヒーや紅茶が大好きで、
とくにレコーディングのスタジオでは
かたときも手離せませんでしたね。

チェーンスモーカーならぬ、
チェーンコーヒーといった感じで、
おそらくリッター単位で、
飲んでいたんじゃないでしょうか？

ところが最近どういうわけか
コーヒーを飲むと身体がつかれる感じがあって、
いろいろ試したんですけれども
水が一番つかれないってことがわかりました。

浄水器の水をペットボトルや水筒に入れて持ち歩いたり
様々な種類の水をためしてみたり水中心の生活を楽しんでいます。

雨とライブ

野外ライブといえば、天気が気になりますよね。
晴れてくれれば問題ないのですが
雨や風、時には雷が鳴るなんてことも。

雨天中止などでがっかりした経験がある方も
いらっしゃるかもしれません。
実は、雨の中のライブというのは
見ているほうはともかく演奏しているほうは
案外楽しいものなんですよ。

一度濡れてしまうと、どういうわけか
アドレナリンが分泌されて
雨なんか関係ねーぜ、とばかりにテンションが
あがっちゃうんですよね。

狙ってできるものではない演出という意味で
雨のライブは印象に残るんでしょうね。

2015.11. LUKE TAKAMURA

旅先での曲作り

僕の場合、自然の風景などから、
直接的なインスピレーションを受けて
曲を作ることは、
ほとんどありません。
でも、場所が変われば
気分も変わるし、
見た目に快適でなくても
曲が浮かびやすい場所
なんてのもあります。

曲作りに煮詰まると
小さなギターを持って
出かけるときがあります。
どこかを目指すわけでもなく
車で近所を一周するだけでも
曲ってできちゃうんですよね。

音楽は育った環境や
生活の中からしか生まれない。

自然のもつリズムや
自分の周囲の環境を感じながら
自分なりの音を
これからも
紡いでいこうと思っています。

2015.11. LUKE TAKAMURA

岡本真夜

ミュージシャン

四万十川

私が生まれたのは、高知県の四万十市。
その名のとおり、四万十川がすぐ近くにあり
いつも身近に、美しく雄大な川の流れがありました。

小学校のときには、授業で絵を描きに行ったり、
泳ぎは得意ではありませんでしたが、
浮き輪をつけて水遊びをしたり思い出は尽きません。

高校を卒業する前、大勢のクラスメートと、
季節はずれの花火をしたのも、四万十川でした。

いつまでもかわることのない、美しい四万十川は、
私の大切なふるさとです。

クリスマスライブ

今年もクリスマスの季節ですね。
子どものころから
ホワイトクリスマスにあこがれていたのですが
高知ではクリスマスに雪がふることがなく、
いつも夢の中だけの話でした。

以前、クリスマスライブを行ったとき、
ステージに雪を降らせられないだろうかと
かんがえたのですがさすがに無理でした。

今年も一二月一五日に大阪
二〇日に横浜でクリスマスライブを行います。
その日、雪が降ったら素敵ですね。

ファンのみなさんと本当のホワイトクリスマスを
味わえたらいいなと思っています。

2015.12. Mayo OKAMOTO

2015.12 Mayo OKAMOTO

水のある風景

水のある風景は
こころに安らぎを与えてくれますね。

わたしも、
疲れたり、行き詰ったりすると
水や緑のある風景が恋しくなり
海辺や川沿いをドライブしていると、
なにもかもを忘れて、浄化されるような
心地よさを感じます。

東京に出てきて二三年、
いまも東京は、住むところではなく
仕事場のイメージがあります。
海を見て安らげるのは、
海が、故郷の四国に
つながっているからかもしれません。

水との生活

水にはあまりこだわりはないのですが、
上京したばかりの頃は、
東京の水が体に合わなくて、
顔を洗うと肌が荒れたりしました。

水なんて味気ない、
と思っていたけれど、いつの頃からか
寒い時期は白湯を飲むのが習慣になっています。
ステージやスタジオでも、のどの渇きを癒すのは
なによりも水が一番です。

料理は得意ではないけれど、
子供が大好きな、
煮込みハンバーグや肉じゃがを、
コトコト煮るのは、やっぱり楽しい。
実は、水といっしょに、成長しているんですね。

2015.12. Mayo OKAMOTO

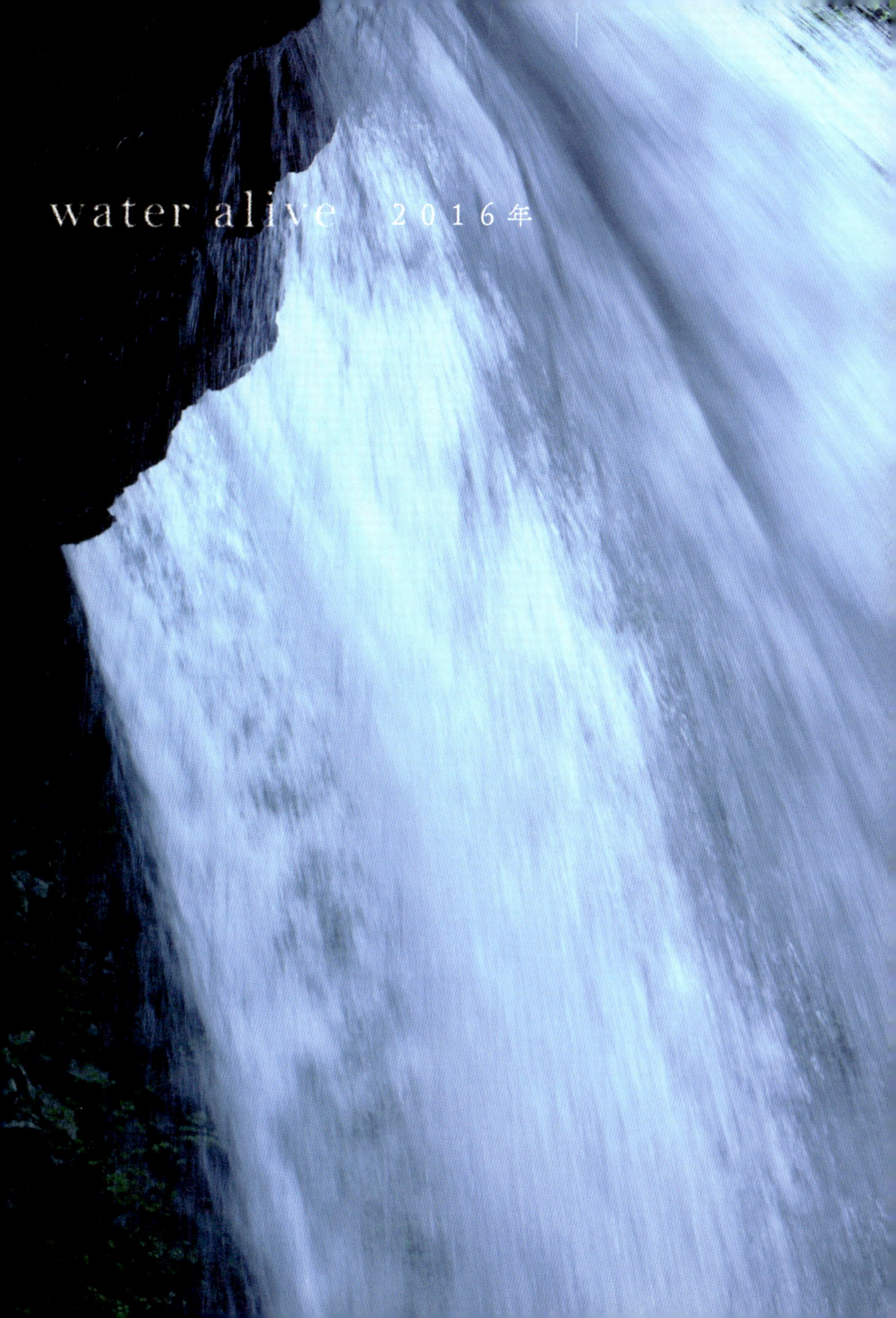
water alive　2016年

服部隆之
作曲家

留学先の水

もう三〇年以上も前、
パリに留学していたころです。
むこうの水は、いわゆる硬水というもので、
ヤカンで沸かすと、底に白い石灰質がこびりつき、
半年ごとにヤカンを買い換えるような状態でした。

現地の人々は普通に飲んでいるのですが、
どうも私の口にはあわなくて
ミネラルウォーターを買っていたのですが
このミネラルウォーターも、値段が高い。
つくづく日本の水道水が恋しくなりました。

水のありがたさを感じた、
なつかしい思い出です。

紅茶の思い出

ヨーロッパでの留学中、
水の味に悩まされた私ですが、
紅茶を入れるのには、
ヨーロッパの水が一番ではないかと、思います。

同じティーバッグをつかって入れても、
イギリスで入れる紅茶は、濃厚でコクがでます。
とくに、ミルクティーとの相性は抜群です。
硬水は絶対紅茶にあう。

ロンドンでのスタジオでレコーディングを行うと、
作業の途中でも、必ずティータイムがあり、
紅茶とビスケットが出てきます。
これが実においしくて、なによりも楽しみなのです。

ヨーロッパの人々が、大切に育んできた紅茶の歴史は、
水とはきってはきれない尊敬すべき食文化なのですね。

2016.1. Takayuki HATTORI

水の中で

昔から、水泳といえば潜水が好きで、
いまも、海へ行くと、
底へ底へと潜っていきたくなります。
ゴーグル越しに見る景色も
すばらしいのですが、
いわゆるダイビングではなく素潜りは
素肌の上を、
水が通り過ぎていく感覚が、
最高に気持ち良い。

ウエットスーツやシュノーケルはつけず、
できるだけ裸に近いスタイルで、
ゆっくりと、もぐっていきます。

ニューカレドニアにある、
イル・デ・パンという、
美しい島で泳いだことがありますが、
海と、自然と、地球とも
一体になれたような気分は、
まさに、言葉では表現できない感激でした。

水のある風景

映画やドラマで耳にされる私の音楽には、
ヒロイックなイメージを、
強く持たれていると思いますが、
じつは、暗い曲のほうが、
書いていて楽しいのです。

嵐の後の、真っくらな闇夜、
生き物のようにゆったりとうごめく、海。
黒い雲の間から差し込む、
かすかな月の光……。

絵の中の風景か、
どこか海外で見た記憶の残像か？

そんな風景を想像していると、
不思議とテンションが高まり、
やがて、アダージョなゆっくりとした曲が、
頭に浮かんできます。
インスピレーションは、
波のうねりに通じるのでしょうか。

2016.1. Takayuki HATTORI

2016.1 Takayuki HATTORI

水と散歩道

作曲の仕事は、ほぼ毎日がデスクワークなので
時間があるときには、意識して体を動かすようにしています。

一〇年ほど前から続けているのが散歩。
マイペースで歩くことは、
シンプルですが、体も頭もリフレッシュできます。

散歩に欠かせないのが、水。
二時間も歩くと、
多いときには一リットルほども飲んでしまい、
体の中を水が通り過ぎていき、
全身が浄化されたように感じます。
気のせいかもしれませんが、
運動と水分を、
体が欲しているのは、間違いないようです。

2016.1 Takayuki HATTORI

2016.2. Tadashi HARADA

原田 忠

資生堂トップヘアメイクアップアーティスト

見えない水の話

ヘアアーティストの仕事は、
見えない水と、見える水を
相手にしなくてはなりません。

見えない水というのは、
髪の毛に含まれている水分量や湿度のこと。
湿度が高いと髪にボリュームが出たり、潰れたり、
乾燥は、パサつきや静電気が
発生する原因にもなります。
これは、個人の髪質はもちろん、季節や気候など、
環境によっても左右されます。
常に変化する環境と状態を気にかけ、
目に見えない水をコントロールすることは
目指す美しさに近づくために、
もっとも欠かせない感性といえます。

見える水の話

ヘアアーティストの仕事は、
見えない水と、見える水を
相手にしなくてはなりません。

見える水というのは、
髪を濡らしたり、流したりする水。
不快にならないように、冷たすぎず、
熱すぎない温度にも気を配ります。
また、海外での仕事は、
水質の違いも強く感じます。
硬水か軟水かでも、
髪の仕上がりの質感が
変わってしまうこともあるので、
水選びは必要不可欠。
現場の環境を把握し、
臨機応変に対応することが、
目指す美しさを最大限に
引き出すことに通じるといえます。

2016.2 Tadashi HARADA

2016.2. Tadashi HARADA

水のサウンド

水を操り、水の音を奏でる。
シャワーヘッドから流れる水音や、
水で髪をすすいでいる音は
リズミカルでなくてはならないのです。

ときに優しく、
ときに強いリズミカルな
水のサウンドは、
お客様の心地よさにもつながり、
眠りを誘う効果もあります。

水圧や温度、
頭皮と髪へのタッチの強弱、
それらと相まって
水の奏でるハーモニーが
リラックス効果を高め、
心身ともに癒される瞬間
でもあるのです。

ミストの効果

一年を通じて、
エアコンが効いている現代では、
室内の空気は、常に乾燥しています。

一息つきたくなったら、
ミストタイプの化粧水を
肌にひと吹きしてください。
それだけで、肌に、
爽快感とうるおいがもどります。

ミストの効果は、
近年化粧品業界も注目し、
様々な製品が開発され、
多様な効果がうたわれています。
もっとも大きな効果は、
加湿でき、マイナスイオンを発生し、
リフレッシュ効果と快適な空間を
期待できることだと思います。

2016.2. Tadashi HARADA

柴田文江

プロダクトデザイナー

富士山が生む水

わたしは、山梨県の富士吉田市という
富士山の麓の町で生まれ育ちました。

一年に二〇億トンもの降水量がある富士山のお陰で
水にはとっても恵まれたところです。
真夏でも、水道からは
手が切れるように冷たい水が出てきます。

日頃は海外のミネラルウォーターや珍しい水も飲みますが
疲れた時や体調のすぐれない時には、
地元の水を飲むと元気になれるので
やはり身体には生まれたところの水が
必要なのだと感じます。

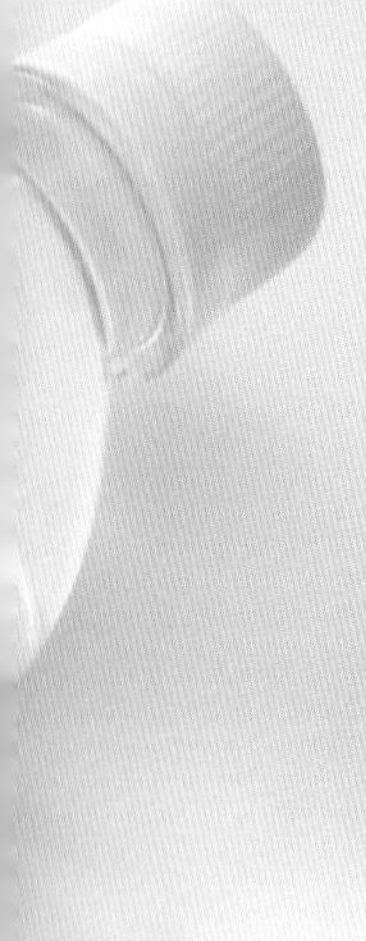

山中湖の原風景

小学三年生のある日、
夜明け前に起きて、
友達と自転車で山中湖へ出かけました。

湖から大量の水蒸気が沸き立ち、
そこに朝日がさし込んでいました。
まるで天女が舞い降りるかのような幻想的な景色に、
友達とふたり、息をのんでその場に立ち尽くしました。
それが私にとっての、水の原風景です。

その頃の山中湖は、とても静かで
神秘的な場所でした。

モノクロームから虹色に変わる水蒸気の中
きらめく光につつまれた、不思議な体験でした。

2016.3. Fumie SHIBATA

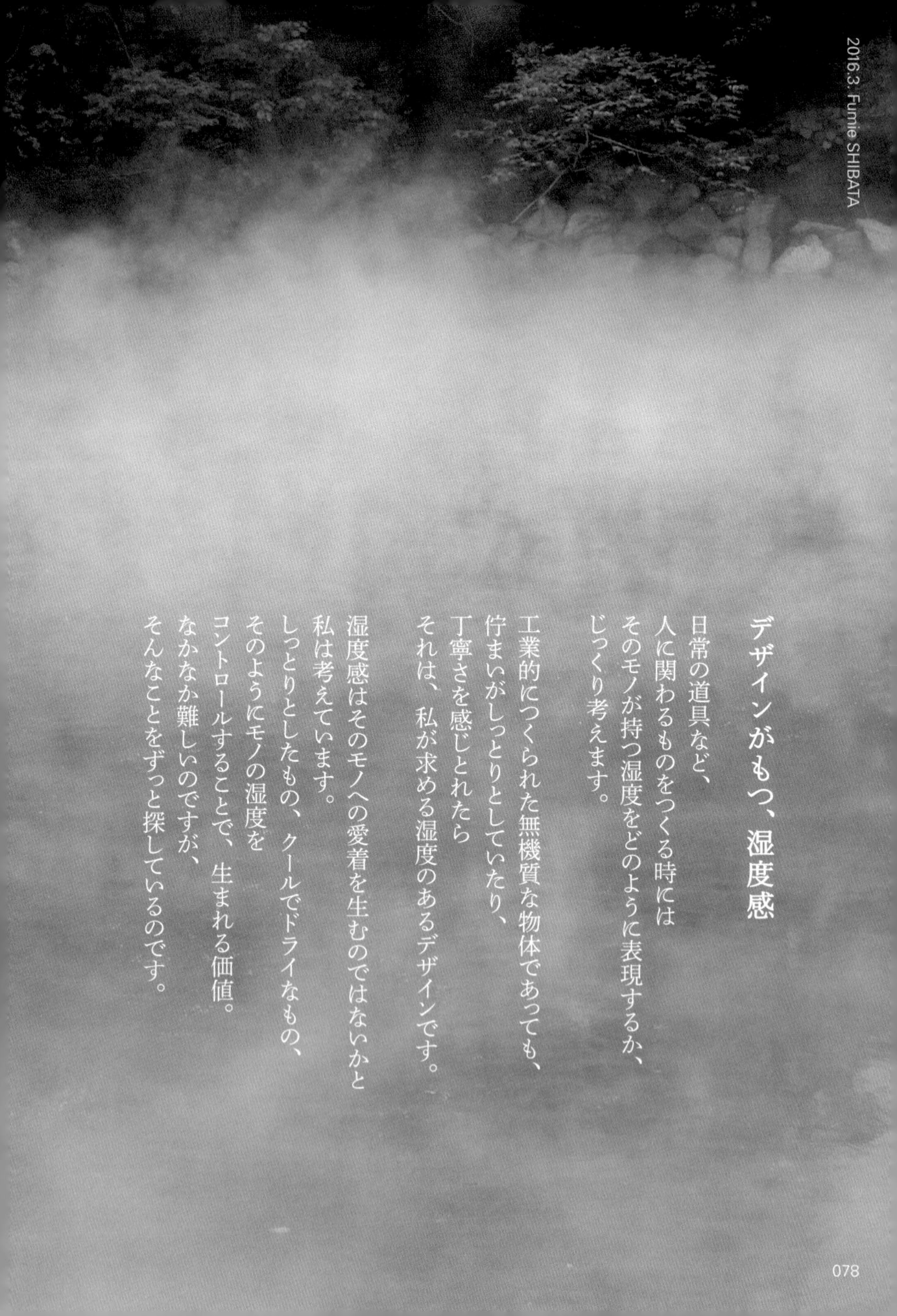

2016.3. Fumie SHIBATA

デザインがもつ、湿度感

日常の道具など、
人に関わるものをつくる時には
そのモノが持つ湿度をどのように表現するか、
じっくり考えます。

工業的につくられた無機質な物体であっても、
佇まいがしっとりとしていたり、
丁寧さを感じとれたら
それは、私が求める湿度のあるデザインです。

湿度感はそのモノへの愛着を生むのではないかと
私は考えています。
しっとりとしたもの、クールでドライなもの、
そのようにモノの湿度を
コントロールすることで、生まれる価値。
なかなか難しいのですが、
そんなことをずっと探しているのです。

湿度感のコントロール

高校生の頃、
石膏像のデッサンをしていたときです。
ヘルメットをかぶった
「マルス」像を描いていました。
なかなか上手に描けない私に先生がひとこと。
「ヘルメットの部分と、わき腹の肌とでは、
しっとり感がちがうんだよ」と。
石膏という同じ素材でできているけれど、
カタチに表れる、湿度の違いを
描きとらなくてはなりません。
カタチに湿度があることを
発見したのはその時です。

私は型という硬く揺るぎないものに、
湿度という息吹を注ぎ込むことで
人の心に何かが
届くのではないかと、信じています。

2016.3. Fumie SHIBATA

2016.4. Shigeharu ASAGIRI

朝霧重治

ＣＯＥＤＯ代表取締役社長

ＣＯＥＤＯ川越

私が生まれ育った
小江戸・川越は、その名のとおり、
豊かな水流に囲まれた土地です。
秩父山系の荒川水系、
谷川岳から下る利根川水系の表層水、伏流水と、
自然の恵みをいっぱいに享受して、
ＣＯＥＤＯビールを生み出しています。

ビール造りにおける水へのこだわりは、
天然水を使用するということ。
ミネラルの含有量の多い・少ないによって
硬水・軟水に分けられますが、
日本は一般的に軟水です。
ミネラル分がビールの褐色度に影響するくらい、
水はビールにとってとても重要な存在です。

COEDO裏話

COEDOビールの立ち上げは、
新たなチャレンジでした。

地ビールブームという一過性のものではなく、
ヨーロッパの食文化に倣った、
ビール本来の楽しみをもっと知ってもらいたい、
という強い思い。

そこで本場ドイツの職人を招聘し、
その伝統的な技術と精神を受け継ぎながら、
いまでは日本の職人達が
日々ビール造りに励んでいます。

一方で、頭を悩ませることもあります。
醸造所をキレイにすることに力を入れすぎて、
使う水の量が多すぎることです。
良い面としても捉えられますが、
環境への配慮として、今後の課題でもあります。

2016.4. Shigeharu ASAGIRI

2016.4. Shigeharu ASAGIRI

思い出の水

私の川越の生家には井戸がありました。
当時は当たり前のように
飲んでいましたが、
いつでも冷たくて、おいしい天然水が
手の届くところにあったのだな、
と考えると、とても贅沢な思い出です。

もうひとつは、バックパッカーとして
学生時代に訪れた、
インド・バラナシのガンジス川です。
休みを利用して
さまざまな国を放浪しましたが、
人々の生活の中心としての
圧倒的な存在感は
いまでも強く印象に残っています。

どちらの思い出も、
いまの私の仕事に通じる、
水の原風景かもしれません。

リセットする水

仕事に没頭する日々ですが、
最近は健康管理にも気を付けて、
毎週プールで泳いでいます。
唯一と言っては少し大袈裟かもしれませんが、
大好きな水泳の時間は、
何もかも忘れて無になれる瞬間です。

私のオンオフの切り替えには、
ＣＯＥＤＯビールで喉を潤す
という選択肢も、もちろんありますが、
泳ぎながら水と身体が一体になれる、
という感覚。

毎週のプールで自分をリセットすることで、
新たなインスピレーションが湧き出します。
しかも、泳いだあとの一杯が、
また格別ですからね。

2016.4 Shigeharu ASAGIRI

2016.4. Shigeharu ASAGIRI

わたしの夢

いま、新しい醸造所をつくっています。
この間、井戸を掘りました。
無事に湧き出た天然水を仕込みに使おうと思います。

私はローカルということを強く意識しています。
世界から見た日本、日本から見た埼玉、
埼玉から見た川越、いずれもローカルです。

会社と私自身の起源でもある「農業」を通じ、
健全なローカルを醸し出して行きたいと考えています。

COEDOのコンセプトである、
Beer Beautiful を今後も全員で体現し、
皆さんにお伝えしていきます。

2016.4. Shigeharu ASAGIRI

2016.5. Seiji IZUMI

和泉聖治

映画監督

雨のシーン

北海道と富士山では、
湧き水の味にも違いを感じ、
雨も降る場所によって、表情の変化が感じられます。

映画の中で雨のシーンを撮影するのは、とても大変で、
散水車両を用意しなければなりませんし、
出演者もスタッフも、ずぶ濡れになってしまいます。

それでも私は、雨のシーンが大好きで、
新しい台本をもらうと、どこで雨を降らせようか
と考えてしまうくらいなのです。

湧き水の味のように、
個性的な雨のシーンを作れたら良いですね。

瀬戸内海への想い

映画「探偵ミタライの事件簿　星籠の海」のロケは、
鞆の浦を舞台に行なわれました。
穏やかで美しい瀬戸内海ですが、
はるか縄文の時代から、
激しい潮目が時計仕掛けのように
正確に流れているのです。

戦国時代に活躍した、村上水軍も、
この潮の流れを大いに利用したと言われ、
坂本龍馬が難破し、
打ち上げられたのも、鞆の浦です。

穏やかな表情の海からも、
時に頼もしく、でも怖いような、
強いエネルギーを感じたロケでした。

2016.5. Seiji IZUMI

2016.5. Seiji IZUMI

雨にうたれて

もう二〇年も以前の話でしょうか。

八丈島で撮影を行ったとき、
台風の影響で、
豪雨におそわれたことがあります。

はじめは部屋の中にいたのですが
夏のことでもあり、
ふと思い立って、
雨の中へ飛び出してみました。

激しい雨にうたれているうちに、
いつしか心が解放され、
まるで母親の胎内で癒されているような
言葉にならない、
不思議な感覚を味わいました。

水の力を描く

私の新作、
「探偵ミタライの事件簿 星籠の海」は、
島田荘司さん原作の
ミステリー小説を映画化したものです。

物語は、瀬戸内海で起きた
連続殺人事件からはじまり、
潮の流れが事件解決の
キーワードとなります。

海を舞台にした作品は
多く撮ってきましたが、
これまで以上に海と向き合っての
撮影になりました。

自然の美しい景観が時として
人々を翻弄し、歴史を変える。
大きな水の力を、
描けたものと思います。

2016.5. Seiji IZUMI

2016. 6. Seiji IINUMA

飯沼誠司

一般社団法人アスリートセーブジャパン代表理事

運命のはじまり

三歳のとき、喘息の症状がひどく、
体力をつけるために水泳をはじめました。

五歳の頃には、すでに水泳選手になりたい、
という明確な目標を持っていたのを覚えています。

小学校低学年では、
朝練と夕練で週一〇回のトレーニングをこなし、
当時から、水泳とはストイックに向き合っていました。

喘息の発作は相変わらずで、
ゴーグルに涙を溜めながら
泳ぐこともありましたが、
苦しさも楽しさの延長線上でした。
これがすべての運命のはじまりです。

ライフセービングとの出会い

高校時代は、
水泳のジュニアオリンピックにも出場しましたが、
挫折も味わっています。

毎日二〇 km、七時間の練習量をこなしたのに、
タイムは一秒しか縮まりませんでした。

ところが、大学でライフセービングと出会い、
劇的な変化が訪れます。
海で泳ぎ、プールで泳ぐ毎日は純粋に楽しく、
気付けばタイムも一気に縮まりました。

「いのち」に対峙する、ライフセービングの意義に惹かれ、
仲間にも恵まれ、大学 4 年のときには、
世界大会でも好成績を収めることができたのです。

2016.6. Seiji IINUMA

ライフセーバーのプロ契約

2016.6. Seiji IINUMA

日本でのライフセービングは、
ほとんどがボランティアです。
「いのち」にかかわっている使命があっても、
職業としては成り立たないのが、現状なのです。

オーストラリアやアメリカでは、
ライフセーバーは公務員として、
海のレジャーに、安心と安全をもたらしています。

大学卒業後、ライフセービングの
ワールドツアーに参戦したことを機会に、
プロに転向しました。

当初は海外を拠点に活動し、
結果を出すことにこだわっていましたが、
現在は競技での経験を活かし
日本でのライフセービングの普及啓発と、
地位向上にも力を入れています。

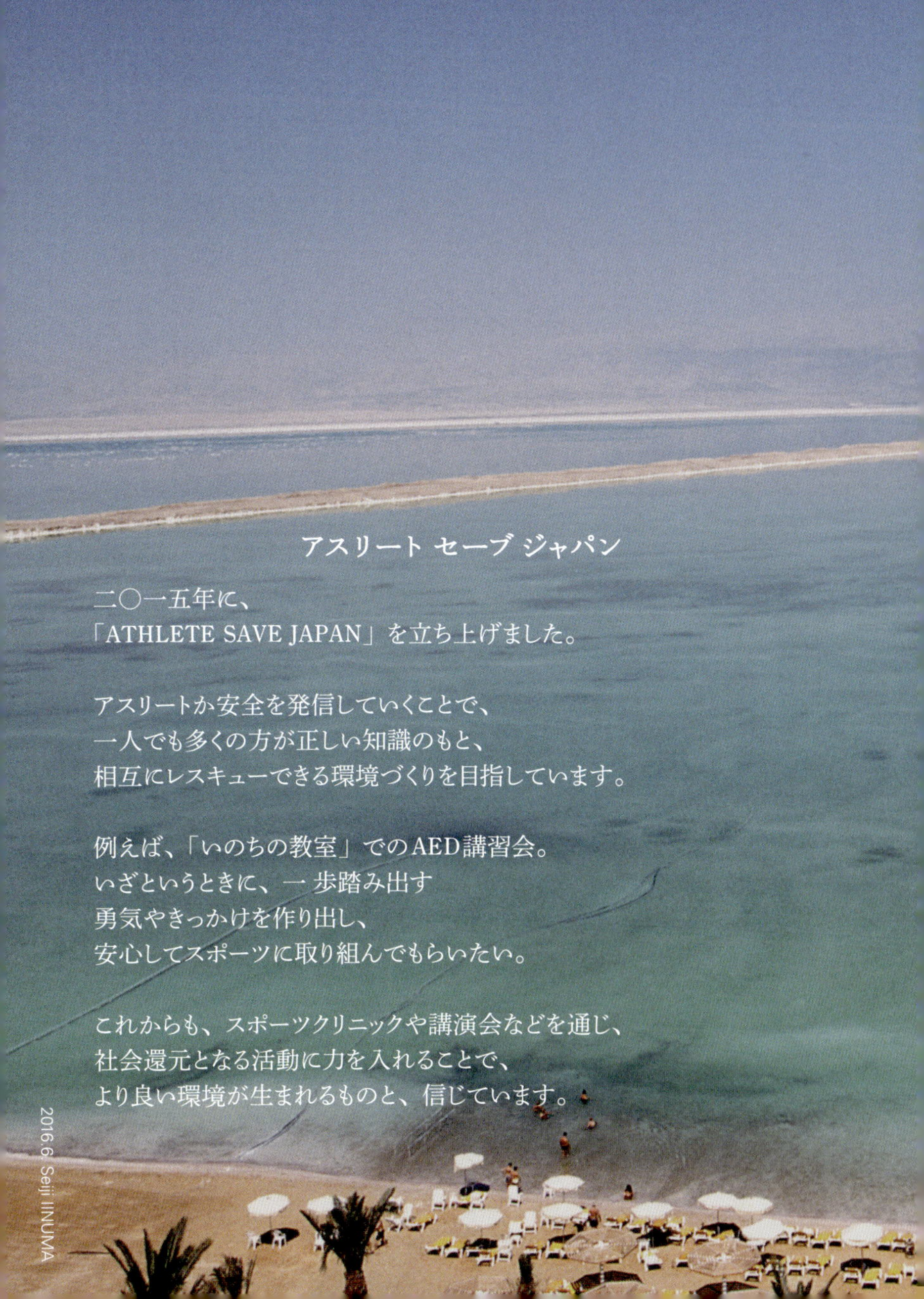

アスリート セーブ ジャパン

二〇一五年に、
「ATHLETE SAVE JAPAN」を立ち上げました。

アスリートか安全を発信していくことで、
一人でも多くの方が正しい知識のもと、
相互にレスキューできる環境づくりを目指しています。

例えば、「いのちの教室」でのAED講習会。
いざというときに、一歩踏み出す
勇気やきっかけを作り出し、
安心してスポーツに取り組んでもらいたい。

これからも、スポーツクリニックや講演会などを通じ、
社会還元となる活動に力を入れることで、
より良い環境が生まれるものと、信じています。

2016.6 Seiji IINUMA

青木 愛

元シンクロナイズドスイミング日本代表

水が育ててくれました

私のふるさと、京都は三方《さんぽう》を山に囲まれ、
古いお寺や神社がたくさんあり、
観光客が多く来られます。
そんな京都で育った私にとって、
夏の楽しみといえば、お隣の滋賀県にある
日本一の湖、琵琶湖でした。

子どもの頃、夏休みには家族で出かけ、
泳いだり、水遊びをしたり……。
白い砂浜も、きれいな水も、
子供心に、大好きでした。

塩水ではなく淡水なのも、
プールでなじんだ私には
合っていたのかも知れません。

シンクロナイズドスイミング

生まれて一〇ヶ月から
プールに通っていた私は、
八歳から、本格的に
シンクロナイズドスイミングを始めました。
水中の景色はいつも新鮮で、
新しい動きを覚えるごとに、
新しい感動があったように思います。

その感動は、
ジュニアオリンピックから
世界選手権、ワールドカップ、
そしてオリンピックと、
ステージが変わるごとに
ますます強くなり、
チャレンジする気持ちにつながりました。

次の時代を担う、若い選手たちにも、
あの感動を味わって欲しいですね。

2016.7 Ai AOKI

2016.7. Ai AOKI

こだわりの入浴剤

現役を引退した直後、コメンテーターとして、
メディア活動をするようになると、
現役時代以上に、
疲れを感じることがありました。

そんな私の心とからだを、
もっとも癒してくれた時間が、
お風呂に入っているとき。
お風呂で、様々な入浴剤を使うのが、
なによりも、楽しみでした。
いまも、お気に入りの入浴剤を
あれこれつかいながら、二時間かけて、
ゆっくりとお湯につかっています。

いろいろなことを考えたり、
反省したりと、大切なひと時です。

水の音に耳を澄ませて

色も形もない水ですが、水の音は、
様々な場面で聞こえてきます。

蛇口やシャワーの音、
雨の音、川のせせらぎ、
水が何かを語りかけてくれるようで
ふと、聞き入ってしまうことがあります。

中でも私が大好きなのが、
海辺で聞く波の音。
ときにやさしく、ときに激しく、
時間がたつのも、忘れてしまい、
波の音を聴いた後は、
いつもより良い眠りにつけます。

水とは、ながーいつき合いですが、
考えるほど、不思議な存在ですよね。

2016.7 Ai AOKI

2016.7. Ai AOKI

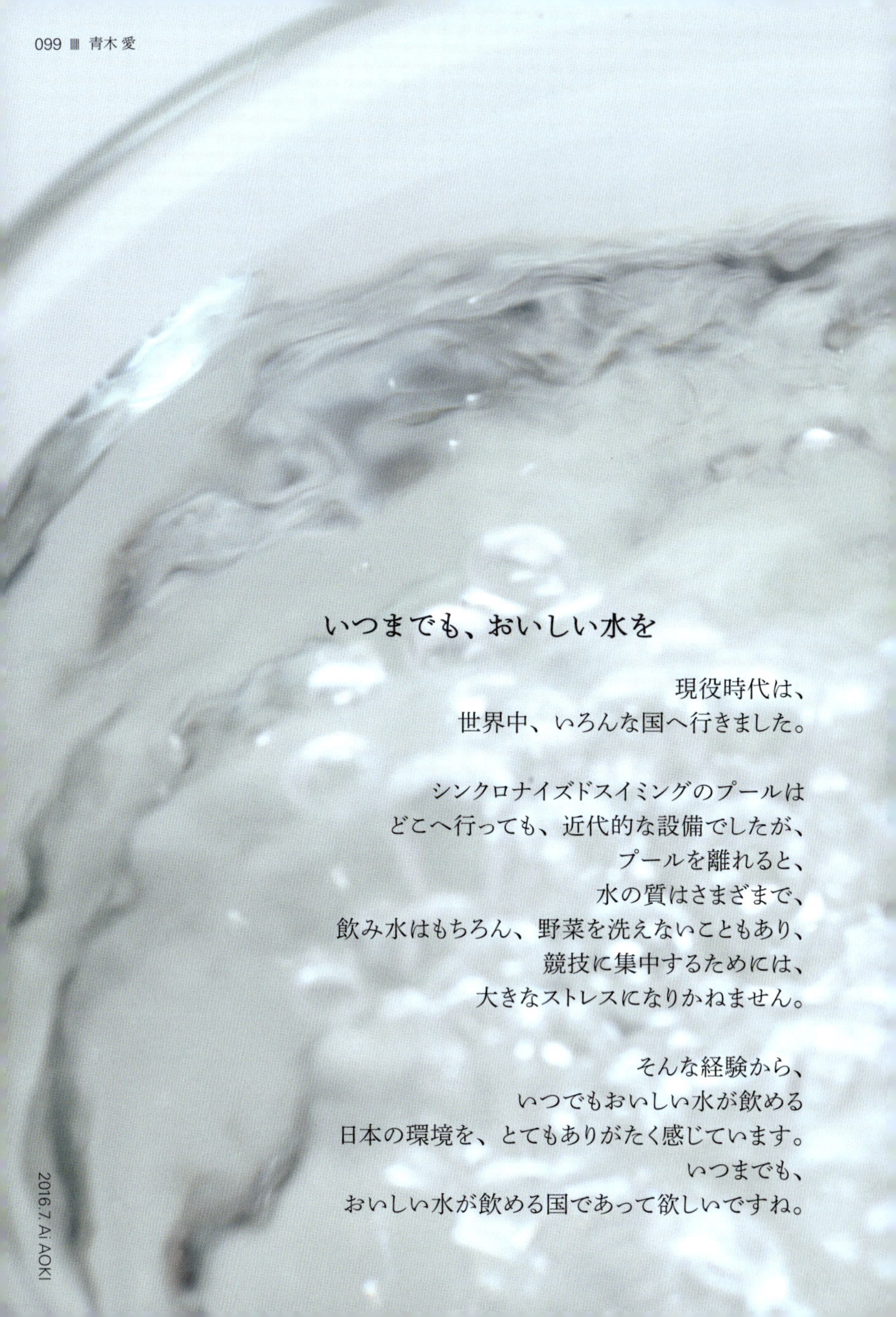

いつまでも、おいしい水を

現役時代は、
世界中、いろんな国へ行きました。

シンクロナイズドスイミングのプールは
どこへ行っても、近代的な設備でしたが、
プールを離れると、
水の質はさまざまで、
飲み水はもちろん、野菜を洗えないこともあり、
競技に集中するためには、
大きなストレスになりかねません。

そんな経験から、
いつでもおいしい水が飲める
日本の環境を、とてもありがたく感じています。
いつまでも、
おいしい水が飲める国であって欲しいですね。

2016.7. Ai AOKI

立石博高
西洋史、スペイン地域研究

水が取り持つ文化の共存

今月は、スペインの水にまつわる歴史をお話しします。

北部を除くスペインの気候は、
雨の少ない乾燥した季節が長く続き、
大きな川も少ないため、水に恵まれない国でした。

西暦七一一年、イスラームによる半島侵攻をきっかけに、
アラブの灌漑技術が導入されました。

水路を意味するアセキアや、
水車を意味するノリアなど、
アラビア語に由来する水回りの言葉が
いまも多く使われています。

水が取り持った文化の共存と、いえるでしょう。

水の階段

スペインのグラナダにある
アルハンブラ宮殿の近くに建つ、
夏の離宮・ヘネラリーフェは、
私がもっとも好きな場所です。

石段の両脇を水が流れ、
水音が変わっていく「水の階段」や、
全長五〇メートルの池の両側に噴水が続く
「アセキアの中庭」など、素晴らしい風情なのです。

この豊富な水は六キロも離れたダーロ川から、
用水路を使って引いてきたもの。

水を運び、水を活かす技術としては
世界最高水準のものだと思います。

2016.8. Hirotaka TATEISHI

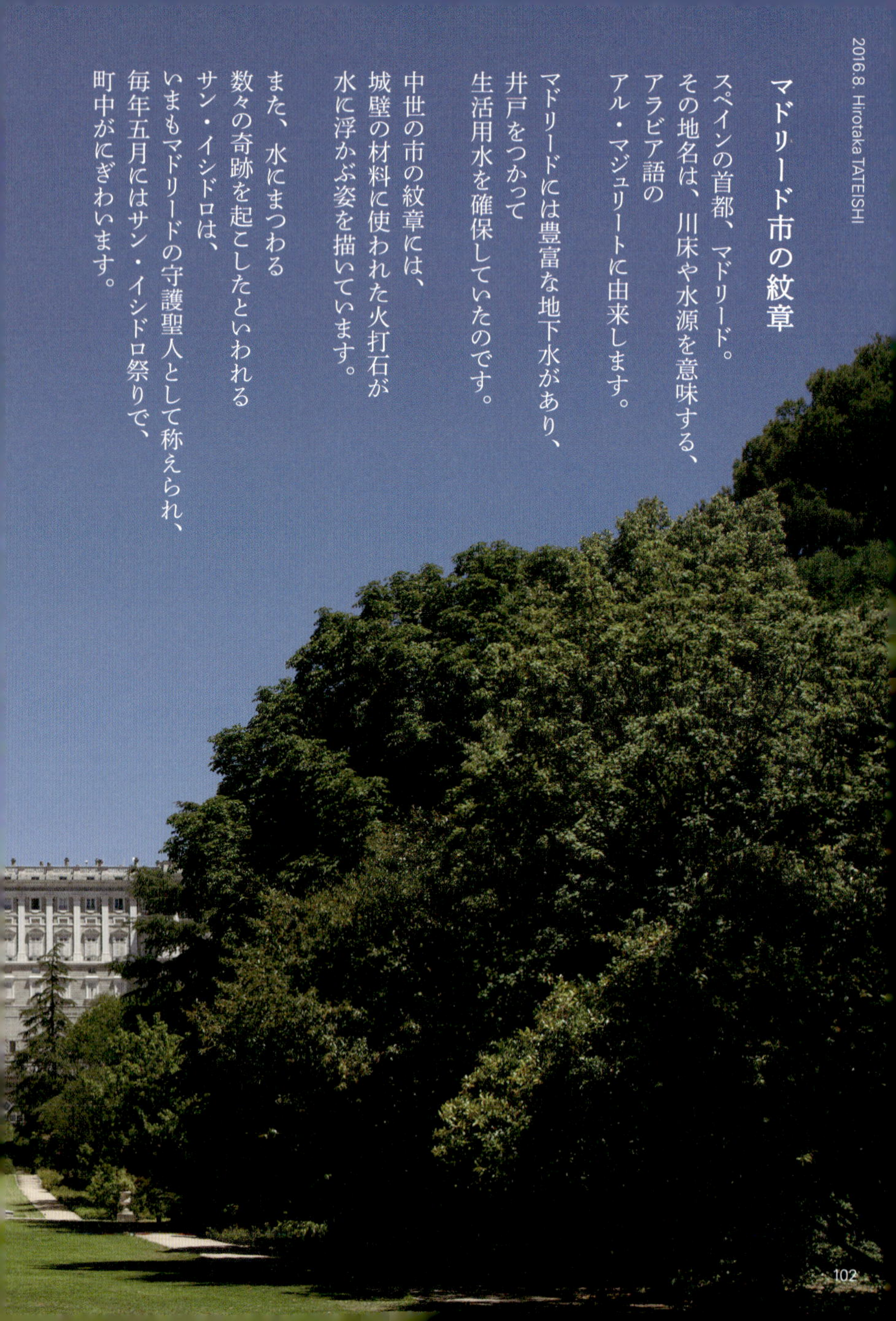

2016.8. Hirotaka TATEISHI

マドリード市の紋章

スペインの首都、マドリード。
その地名は、川床や水源を意味する、
アラビア語の
アル・マジュリートに由来します。

マドリードには豊富な地下水があり、
井戸をつかって
生活用水を確保していたのです。

中世の市の紋章には、
城壁の材料に使われた火打石が
水に浮かぶ姿を描いています。

また、水にまつわる
数々の奇跡を起こしたといわれる
サン・イシドロは、
いまもマドリードの守護聖人として称えられ、
毎年五月にはサン・イシドロ祭りで、
町中がにぎわいます。

アルメリアの変貌

スペインの南部、アルメリアは、雨が少なく、
赤茶けた、不毛の大地でした。

一九七〇年代には、
マカロニウエスタンのロケ地として有名だった、
といえば、想像できるでしょうか。

しかし、この三〇年間で
その姿は様変わりしました。
ボウリング技術の発達で
地下水が活用され、
大規模な貯水池からの
点滴灌漑が進んで、
赤茶けた大地が、
真っ白なビニールハウスの広がる、
豊かな農業王国になったのです。

これこそ、
水が起こした本当の奇跡かもしれません。

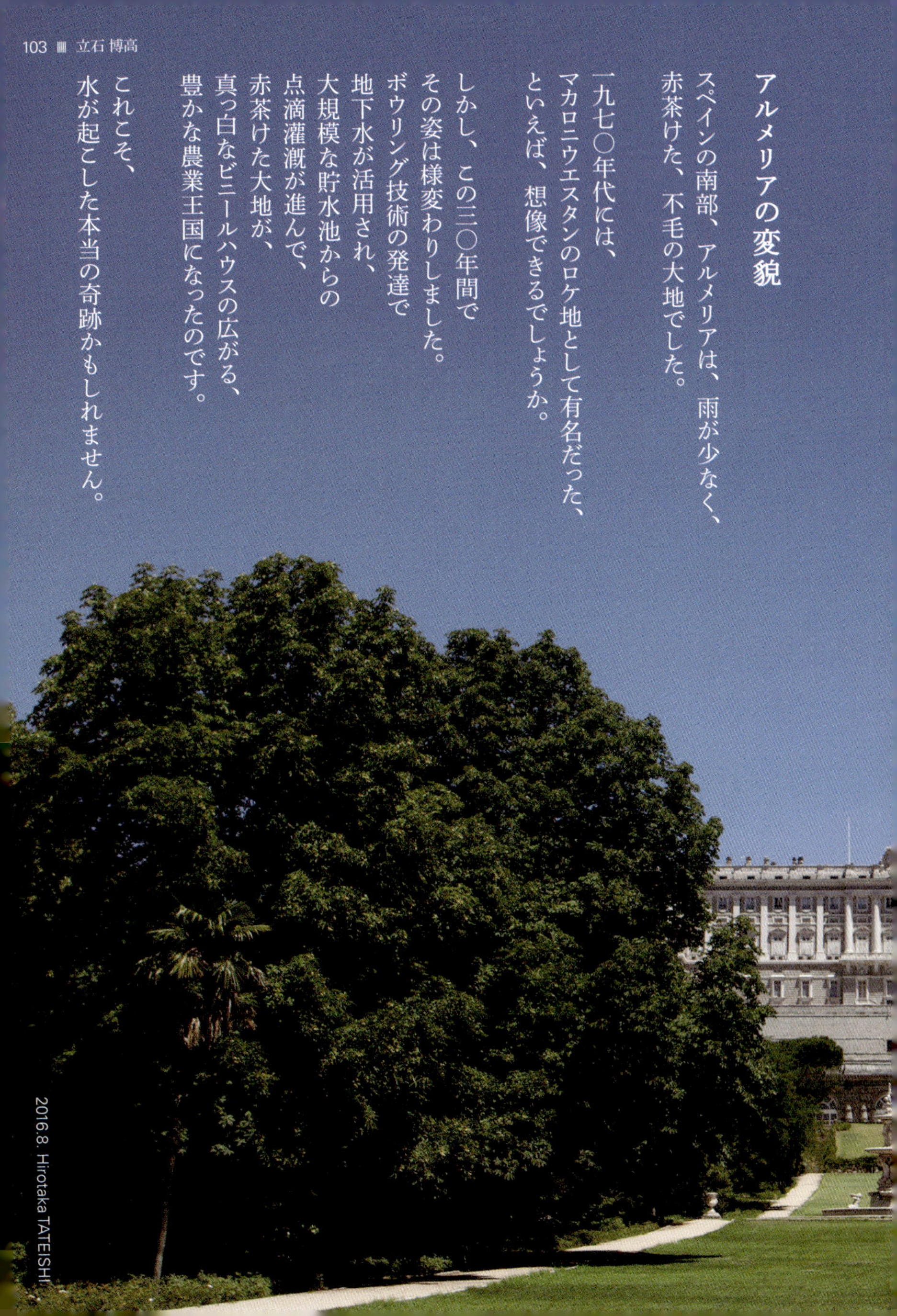

2016.8. Hirotaka TATEISHI

大森由紀子

フランス菓子、料理研究家

フランス留学の思い出

高校生のとき、
フランス料理の素晴らしさに目覚めた私は
OL生活で作った貯金をもとに、フランスの料理学校、
ル・コルドン・ブルーへ留学しました。

料理の基礎はもちろんですが、
良い道具を使うために、学校へ一番乗りするなど
何事も自分から行動を起こさないといけない
積極性も学びました。

驚いたのは、
ジャガイモを泥がついたまま皮をむき、
調理の段階まで洗わないこと。
これは、フランスでは水が貴重で、
水を大事にしている伝統なのです。

いまでも水は、大切に使っています。

お菓子と水分の話

お菓子作りにつかう水に、
ルールはありません。
その土地の気候や、湿度、
材料にも大きく左右されるからです。
大切なのはタイミング。
あの、ふっくらしたシュークリームの生地は、
水が蒸発する力でふくらむので、水が必要。

生地づくりのときには、
水とバターを鍋の中で沸騰させるのですが、
バターが溶けるタイミングで
水が沸騰することがポイントなのです。
バターに含まれる水分量も、
生産地によって違いますから、
水は、料理人の腕の見せ所ですね。

2016.9. Yukiko Omori

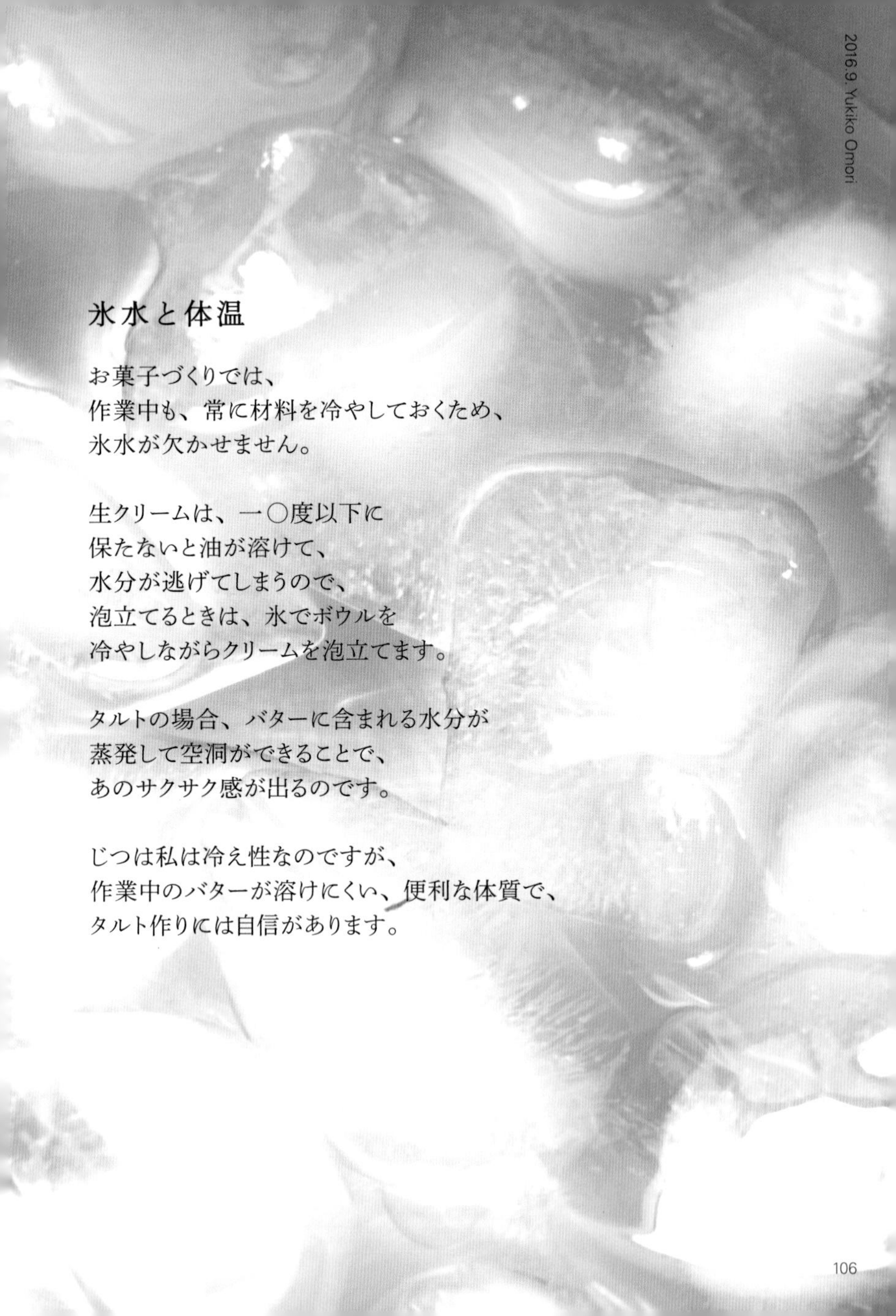

2016.9. Yukiko Omori

氷水と体温

お菓子づくりでは、
作業中も、常に材料を冷やしておくため、
氷水が欠かせません。

生クリームは、一〇度以下に
保たないと油が溶けて、
水分が逃げてしまうので、
泡立てるときは、氷でボウルを
冷やしながらクリームを泡立てます。

タルトの場合、バターに含まれる水分が
蒸発して空洞ができることで、
あのサクサク感が出るのです。

じつは私は冷え性なのですが、
作業中のバターが溶けにくい、便利な体質で、
タルト作りには自信があります。

花の水

花の水、というのをご存知ですか?
バラやオレンジなど、
花のつぼみを煮出して
蒸留水を集めたものです。
南フランスを中心に、
復活祭のカーニバル用の揚げ菓子などで、
香りづけに使います。

もとはチュニジアなど、
中近東が発祥の地で、現地では、
一般の家庭でも伝統的に作られているのだとか。
料理の他にも香水の原料にされたり、
スキンケアや
内臓の薬としても使われています。

花の水、日本でももっと広まってほしい、
優れものです。

2016.9. Yukiko Omori

2016.9. Yukiko Omori

フランス料理の基本

かつて腕を振るっていた三ツ星シェフの 一 人
ベルナール・ロアゾーは、
水の料理人と呼ばれていました。
ソースの重さを水でうすめて、
素材の味を引き立てる名人なのです。

一方、有名なレストランのシェフが、
日本の食材を使ったり、
最近、フランス料理の垣根が
なくなりつつあります。

私は今、料理や菓子作りを教えていますが、
お手本は、素朴なフランスの地方料理。
ママンたちが作る家庭料理の集大成が、
フランス料理本来の姿だと、思っているからです。

2016.9. Yukiko Omori

2016.10. Kaori YANO

矢野 香

スピーチコンサルタント

スピーチコンサルタントとは

スピーチコンサルタントは、政治家や企業の経営者など
おもに公の立場で話す方々に、話す内容やジャスチャーなど、
話し方をレクチャーする仕事です。
スピーチに正解はありません。
話す方の個性を活かしながら、伝えたいメッセージを
確実に相手の記憶に残すことが大事です。
どんな言葉を、どんな態度で話すのか？

言葉自体は、水と同じように無色透明ですが、
話し方という器によって色も形も変わるのです。

日本の水、百選

スピーチコンサルタントになる前、
ニュースキャスターをしていました。
当時のニュースで思い出すのが、
平成八年、環境庁が選定した
「日本の音風景１００選」。

この中には、青森県の奥入瀬渓流や、
高知県・室戸岬の波音、和歌山県・那智の滝など、
水にまつわる音が一九件選ばれています。

群馬県の水琴窟や、
熊本県・五和町のイルカなども加えると
三分の一近くが、水にまつわる音です。
日本の水の恵みを実感します。

2016.10. Kaori YANO

2016.10. Kaori YANO

水の慣用句

スピーチでは、自分の伝えたいことを
誰もが知っていることわざや
慣用句を使って表現するのも
テクニックの一つです。

日本語には、水を使った言い回しが
たくさんあります。
「明鏡止水」や、「立て板に水」など
良い意味の言葉もありますが、
「覆水盆に返らず」や、
「寝耳に水」など、
悪い意味で使われるほうが
多いようです。

もっとも身近で、
油断できない存在でもある水は、
古くから自然の恵みとともに、
大きな戒めをも
教えてくれたのかもしれません。

水を飲む「間」

人前で話すときの「間」の取り方は、
そのままスピーチの上手下手に
つながるほど大切です。
理想的な間は三秒です。

話す立場での黙った三秒は、
一〇秒以上に長く感じられ、
間を取ることは勇気が必要です。

そこで、
大きな味方になるのが、水を飲むこと。
話のテーマが変わるタイミングや、
聞いている方へ質問をしたあと
ゆっくりと手元の水を飲んでください。

日常の会話でも、
お茶やコーヒーを飲むことで間を作る。
聞き手の信頼感を勝ち取る
話し方のコツです。

2016.10. Kaori YANO

2016.10. Kaori YANO

ノンバーバル

人前で話すとき話す内容はもちろん大切。
しかし、言葉以外の部分も、
同じくらいに大切です。

例えば、あなたがどんな水を飲んでいるかは
あなたの価値観を表現します。
エコを意識した方であれば、マイボトルを持ち歩く。

美や健康を意識した方であれば、
ミネラルウォーターの銘柄にこだわって飲む。
その表現はメイクやファッションに劣らない
演出をもたらします。

「一挙手一投足、意図を持ち話す」
これが人前で話すときの原則です。

2016.10. Kaori YANO

万波奈穂

囲碁プロ棋士

二リットルの水を

囲碁は、皆さんが思う以上に体力を使うもので、
対局が終わると二キロくらい体重が減ってしまいます。

六年ほど前でしょうか、体調不良が続き、
対局にも集中できない時期がありました。
そのころテレビで、モデルさんや女優さんがたくさんの水を飲むと聞いて、
以来、一日二リットルの水を飲むように心がけています。

夜、仕事から帰って、家で飲むことが多いのですが、
今では体調も戻り、集中力を高める効果もありました。

対局中の水の話

囲碁の対戦相手は、ほとんどが過去に手を合わせた方で、
以前の勝負内容、いわゆる「棋譜」は、
過去一〇年分くらいは覚えているものです。

お互い三時間の持ち時間で戦いますが、勝負が決まらず、
一手六〇秒で打つ一分碁に入ると
九時間近い勝負になる場合もあります。

対局中は、アルコール以外は何を飲んでも良く、
私の場合は、コーヒーと水と決めていて、コップ三杯くらいの水を飲んでいます。
スポーツで言う、一瞬のクールダウンです。

2016.11. Nao MANNAMI

2016.11. Nao MANNAMI

棋士とお酒と

囲碁棋士の生活は、対局日を除けば
朝は比較的のんびりしています。
そのせいか、棋士同士で
お酒を飲みに行く機会は結構多いのです。
飲みに行く顔ぶれは、
私より一回り以上年上の方もいれば、
一〇歳くらい若い子もいて、
皆さん仲良く楽しんでいます。

酔うと気分が高まって、頭の中で
エア対局が始まったりもするんですよ。
私自身は、ビールも日本酒もワインも、
みんな好きなのですが、
今はカロリーを考えてウーロンハイが中心。
楽しくおいしいお酒を、
いつまでも楽しみたいですね。

父の財産

子どもの頃、毎年家族で
千葉県の館山へ旅行に行き、
海水浴や海釣りを楽しみました。

私が二〇歳の時には、家族で
スキューバダイビングのライセンスを取り、
宮古島には、何度も泳ぎに行っています。

海釣りも、今も大好きで、
八丈島では、一メートルの大物を
釣り上げたこともあるんですよ。

最初に囲碁を教えてくれたのも父ですから、
私にとっては、
仕事も遊びも、父譲りの財産です。
家族への感謝の気持ちは、
言葉になりません。

2016.11 Nao MANNAMI

2016 11. Nao MANNAMI

国境を越えて

囲碁と言うと、
地味なイメージを持たれがちですが、
最近は、マンガの影響などもあって、
若い世代にも囲碁を楽しむ方が増えています。

また、囲碁には、
言葉の通じない外国の方とも、
対局ができる魅力があります。
私自身、様々な国の方と対戦しましたが、
対局を通じ、
お互いの考えや気持ちを分かり合え、
いつも、言葉以上のコミュニケーションを感じます。

世界中の水が国境を越えて
つながっているように、
囲碁を通じて
世界がもっとつながったら、素敵ですね。

2016.11. Nao MANNAMI

チアキ

バンド　ex.赤い公園

水は欠かせません

私は毎朝、一杯の白湯を飲み、
夜も寝る前に
一杯の水を飲む生活をしています。
おかげで、毎日が潤っています。
もともと、口がかわきやすくて、
インタビューなどに答えるときも、
手元に水は欠かせません。

ワンマンライブとなれば、
一時間に一リットルは、
無意識に水を飲んでしまいます。
ライブの遠征先で、
地方によって微妙な味の変化があって、水が。
その違いを楽しむのも、
最近の私たちの楽しみになっています。

お酒を作る水

最近、お酒を楽しめるようになりました。
子どもの頃から、塩辛とかイクラなど、
父の、酒のおつまみを食べるのが、
大好きだったんですけど、
自分が飲むようになると、
お料理も、いっそう美味しく味わえて、
食べられるものも増えましたね。
ライブの打ち上げなどで、
メンバーやスタッフのみなさんと
わいわい飲むお酒は、
何よりも楽しみです。

日本酒に詳しい友達がいて、
お酒の味は水が決め手だと聞きました。
おいしい水が生むおいしいお酒に、
今は夢中な毎日です。
お酒のことしか、考えられません！

2016.12. Chiaki

川女？

子どもの頃、家の近くを多摩川が流れていたせいか、
私は、水辺の風景が大好きです。

実は、甘酸っぱい初めてのデートでも、
二人で川べりを歩いて、石を投げたりしたんですよ。

川に限らず、横須賀の猿島で見た、
おだやかな海に癒されたり、
カナダツアーで行った、
ナイアガラの滝の迫力に感動したり。
今年の九月に行ったのは、水の都ヴェネツィアです。
街中の水路をゴンドラが行き交う景色は、
一日中歩き回っても飽きることのない、
天国のような街でした。

すてきな水辺の風景と、
もっともっと、めぐり合いたいです。

2016.12. Chiaki

人魚へのあこがれ

皆さんは、子どもの頃、
人魚にあこがれませんでしたか？

私は人魚が大好きで、
アニメも小ちゃい頃からよく見たんですけど、
好きが高じて、自分自身が人魚になりたい
と思うようになりました。
海やプールでは、
人魚になった気分で泳いでいます。
人魚への想いは今も変わらず、
いろいろ調べたりもしています。

アニメではかわいい人魚もおとぎ話では、
ときに怖くね、また哀しい話が
多かったりするんですけど、
それもいっそう興味を引き立てます。
広い海を自由に泳ぐ美しい人魚は
女性には永遠の憧れです。

潤いの人

私たちは、デビュー当時から、ライブ前に必ず、
お客さんやスタッフへの感謝をこめて
みんなで深く頭を下げる儀式をしております。
ライブ会場によって、
ファンの皆さんの反応も様々で
大阪は、元気があふれていますし、
なかでも好きな仙台は、
みんなが曲を
噛みしめてくれているように感じます。

赤い公園のデビューミニアルバムに、
「潤いの人」と言う曲があり、
イントロに水が湧き出るような音が入ることから、
水をイメージする曲だなあと、
自分自身思っています。

ライブを通じて、皆さんが
潤いを感じてくれる演奏ができるように、
これからも頑張っていきます。

2016.12. Chiaki

water alive　2017年

2017.1 Hisashi YOSHIZAWA

吉沢　悠

俳優

ボーイスカウトで学んだこと

小学校二年生の頃、カブスカウトに入って以来、
中学生のボーイスカウト、高校生のシニアスカウトと、
自然の中での活動に夢中でした。

山でのキャンプは、何よりも水の確保が第一ですから、
実体験を通じて、
水の大切さや有り難さを学んできました。

楽しい思い出もたくさんありますが、あるとき、
山の中で台風に直撃し、下山できなくなり、
豪雨の中で一晩を過ごしたこともあります。

水への感謝と、水への恐れ、
いまも、人一倍の大きさをもって生活しています。

世界の海で

サーフィンと、スキューバは
プライベートでは一番の楽しみです。

湘南や千葉の海をスタートに、
ハワイやバリ、モルディブなど、
美しい海と、スリリングな波を求めて、
いろいろなところへ行きました。

海水は、どこも同じなのに、砂の色や、
地形で大きく変わる海の色が、
私にとっては、最大の魅力です。

もう一つ面白いのが、地元の人々の性格で、
海を愛する姿勢は同じでも、
情熱的だったり、クールだったりと様々です。

これからも世界中の海で、
素敵な人々に出会いたいですね。

2017.1. Hisashi YOSHIZAWA

2017.1. Hisashi YOSHIZAWA

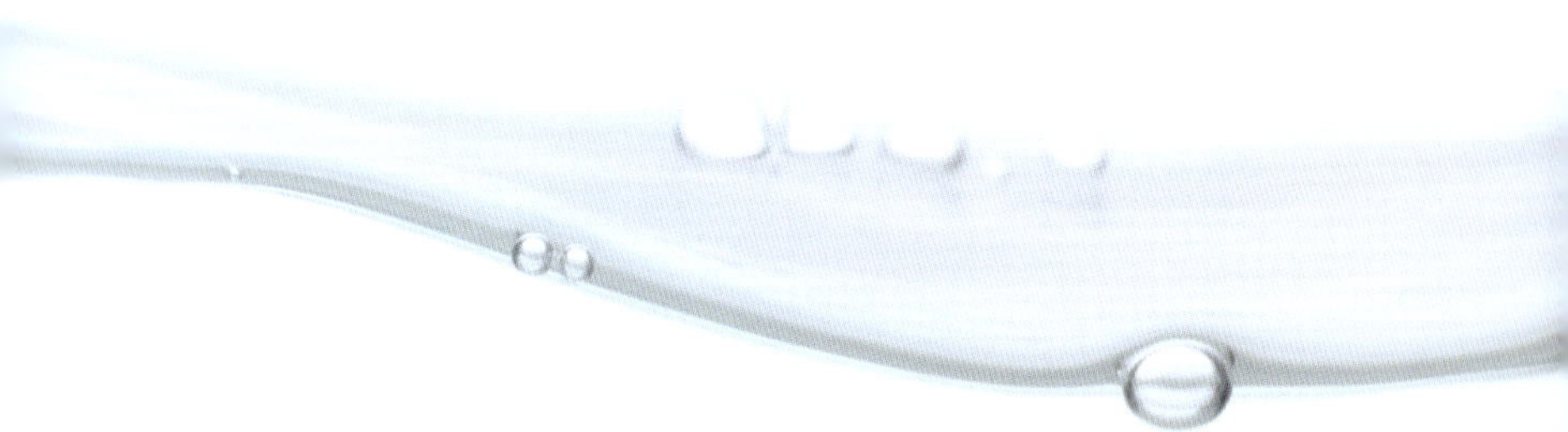

水道に誇りを

友人の一人が
水道関係の仕事をしているのですが、
なかなか熱い男で
「東京の水はレベルが高いから
水道水を飲め！」と、力説します。
水を飲んだり
キッチンで料理をするとき
彼の顔を思い出すこともあるくらいです。

水道に携わっている人たちには、
我々の映画やドラマと同様に
水は自信ある作品なのでしょう。

東京だけではありません。
日本全国、どこへ行っても
飲み水に困らないのは
水道を支えてくれている
熱い人々がいるからですね。

あいつにも、また会いたくなりました。

ロケと白湯

とある映画の撮影で、クライマックスに
真冬に女優さんと川に飛び込むシーンがあり、
とにかく一発で決めなくてはいけませんから、
出演者やスタッフ、一丸となって成功させました。

撮影後、すぐ近くに
風呂を沸かしてもらったのは
ありがたかったですね。
そこまで行かなくても、
冬のロケでは、体がかじかんで、
セリフをかみやすくなるのも、悩みです。

私の場合、つねにからだを温め、
コンディションを維持するために、
白湯が欠かせません。

水に泣かされ、水に助けられる、
俳優業なのです。

2017.1. Hisashi YOSHIZAWA

トマトのしずく

新作映画「トマトのしずく」で、
主人公の夫・椿山真役を演じています。

作品中、仲たがいした父と娘の間を結ぶのが、トマト菜園。
おいしいトマトを作るには、水が足りなくても、
水をあげすぎてもうまくいきません。

私自身も、ベランダで、ゴーヤやパセリ、バジルなどを育てて
自家製のジェノベーゼソースを作ったりしているのですが、
なぜかローズマリーだけはうまく育たない。
水が足りなくても、水をあげすぎてもうまくいかない。
それは、人間関係にも通じる部分があるようです。

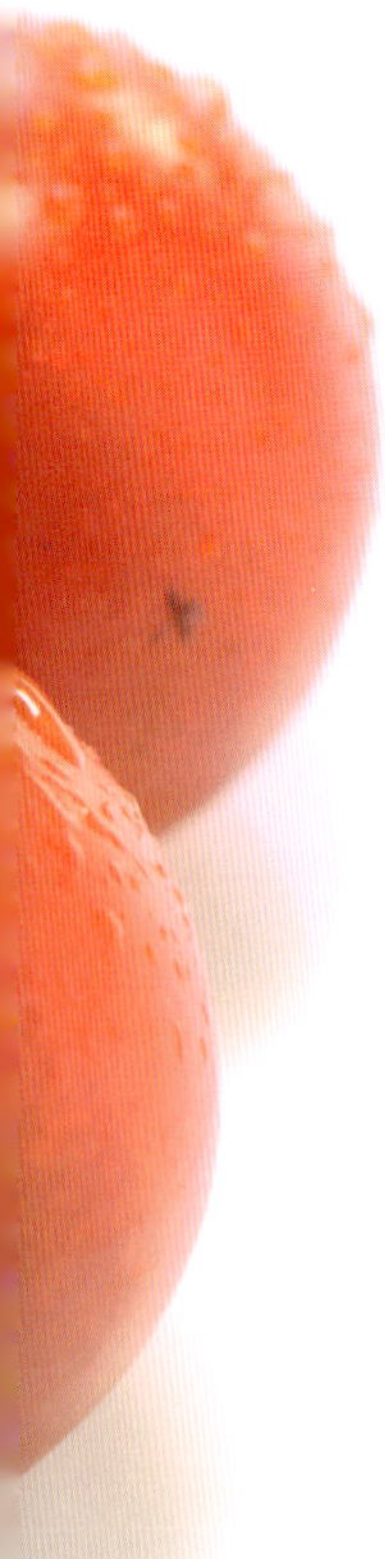

2017.1. Hisashi YOSHIZAWA

四代目 柳亭市馬

落語家

故郷、大分

私の故郷は、大分県の豊後大野市、
緒方町というところです。
のどかなところですが、
緒方川という、実に美しい川があり、
おいしい水のおかげで、
米どころでもあるんです。
子どもの頃は、この川で、
ずいぶん遊びました。
亀がいましてね、
これを捕まえて、家で飼っていました。

いま、亀というとペットショップで
買うのが人気だそうですが、
捕まえてきてこそ愛情がわくもので、
いまも懐かしく思い出します。

故郷、大分

いま、故郷に帰って
一番の楽しみは温泉ですね、
なにしろ大分と言えば、
温泉の宝庫ですから。
なかでも湯布院の温泉は
一番のひいきです。
実家からは
四〜五〇分くらいで行けるんですね。
本当は、仕事で地方へ行くときにも
土地土地のお湯につかりたいのですが、
案外チャンスがない。

「強情灸」という噺のまくらに、
熱い風呂を我慢して入る場面がありますが、
私の場合は、ぬるめのお湯に、
ゆっくりつかるほうが好きで、
風呂は結構こだわっているんですよ。

2017.2. Ichiba RYUTEI

落語と水と

古典落語「うどんや」をご存知でしょうか？

冬の話で、鍋焼きうどんの
屋台にやってきた酔っ払いが、
一杯の水をもらい、
うまそうに飲む場面があります。
「酔い覚めの、水千両と値が決まり」
という川柳がありますが、
まさにその通り。

実は私は、お酒はいただけない、
いわゆる下戸でして。
酔っ払いの了見は
いまひとつ分からないのですが、
水の味というのは、わかるつもりですから、
この場面を演じるたびに、
おいしい水の味を思い出します。
水は、芸の肥やしにもなるんですね。

高座の船

落語の世界では、
舟は重要な交通手段です。
中でも「船徳」と「三十石」は、
私も演る機会が多いのですが、
二つの舟には大きな違いがあります。

「船徳」では、遊び人の若旦那が
にわか船頭になり、
おだやかな隅田川を、
夏の川風に吹かれ、四苦八苦して進みます。

「三十石」では、
腕利きの船頭が大勢の客を乗せて、
淀川を豪快に下ってゆく。
高座を水面に見せる、
噺家の腕のみせどころです。

皆さんにも、
ぜひ生で味わっていただきたいですね。

2017.2. Ichiba RYUTEI

2017.2. Ichiba RYUTEI

芸人気質

「芸人に、
上手も下手もなかりけり、
行く先々の水に合わねば」
これは芸人の
いましめの言葉として
今も残っている奥深い言葉です。

自分自身の芸を磨くことは
もちろん大事ですが、
まず、お客様に
喜んでいただくことを考える。

師匠、五代目柳家小さんはじめ、
多くの名人から
学んできた私ですが、
いつのまにか、後進に
伝えてゆく立場になりました。
一人でも多くの方に、
落語を楽しんでいただきたい、
微力ながらも、
精進し、尽くしてゆく所存です。

2017.2. Ichiba RYUTEI

西村由紀江

作曲家・ピアニスト

白湯で体調管理

朝、目が覚めたら、
一杯の白湯を沸かして、ゆっくりと飲む。
もう、一〇年以上も続く日課です。
胃の奥が少しずつ温まって、
からだ全体の調子が上がっていく感覚は、
一日のスタートには、欠かせません。
ホテルに泊まるときも、
部屋にポットがないときは、
フロントへ借りに行っているんですよ。

以前、水に感謝の言葉をかけながら凍らせると、
美しい氷の結晶ができる、
という本を読んで、とても感動しました。
白湯を沸かすあいだ、
水にありがとう、と伝えているんですよ

ステージドリンクと、おすまし

ふだんの生活では、
コーヒーやハーブティーが
大好きなのですが、
ステージで曲の合間の水分補給に飲むのは、
必ず水です。

コンサートで一番大切なのは、
うまく弾かなくては、と気負いすぎたり、
失敗しちゃいけない、などと考えず、
ふだんどおりに、
自然体で弾くことなのですが、
これが結構、難しい。

私の理想は、色はついていないけれど、
飲むと味わいやコクがある、
お吸い物でいうと、おすましのような演奏。
透明な水とは、相性が良いのかもしれませんね。

2017.3. Yukie NISHIMURA

2017.3. Yukie NISHIMURA

メロディーが、降りてくる

母がピアノの先生をしていたので、
私は三歳から、ピアノを弾いてきました。

美しい風景に出会ったときなど、
言葉の代わりに、
メロディーが聞こえて、
譜面に書いてゆくのです。

久米島近くの小さな島や、
水中に美しい梅花藻が咲く、
山形県 遊佐町の牛渡川など、
出会いは数え切れないほどあります。

五月二七日に毎年恒例の
コンサートを行なう鎌倉も、
大好きな風景の一つ、
新しい出会いが今から楽しみです。

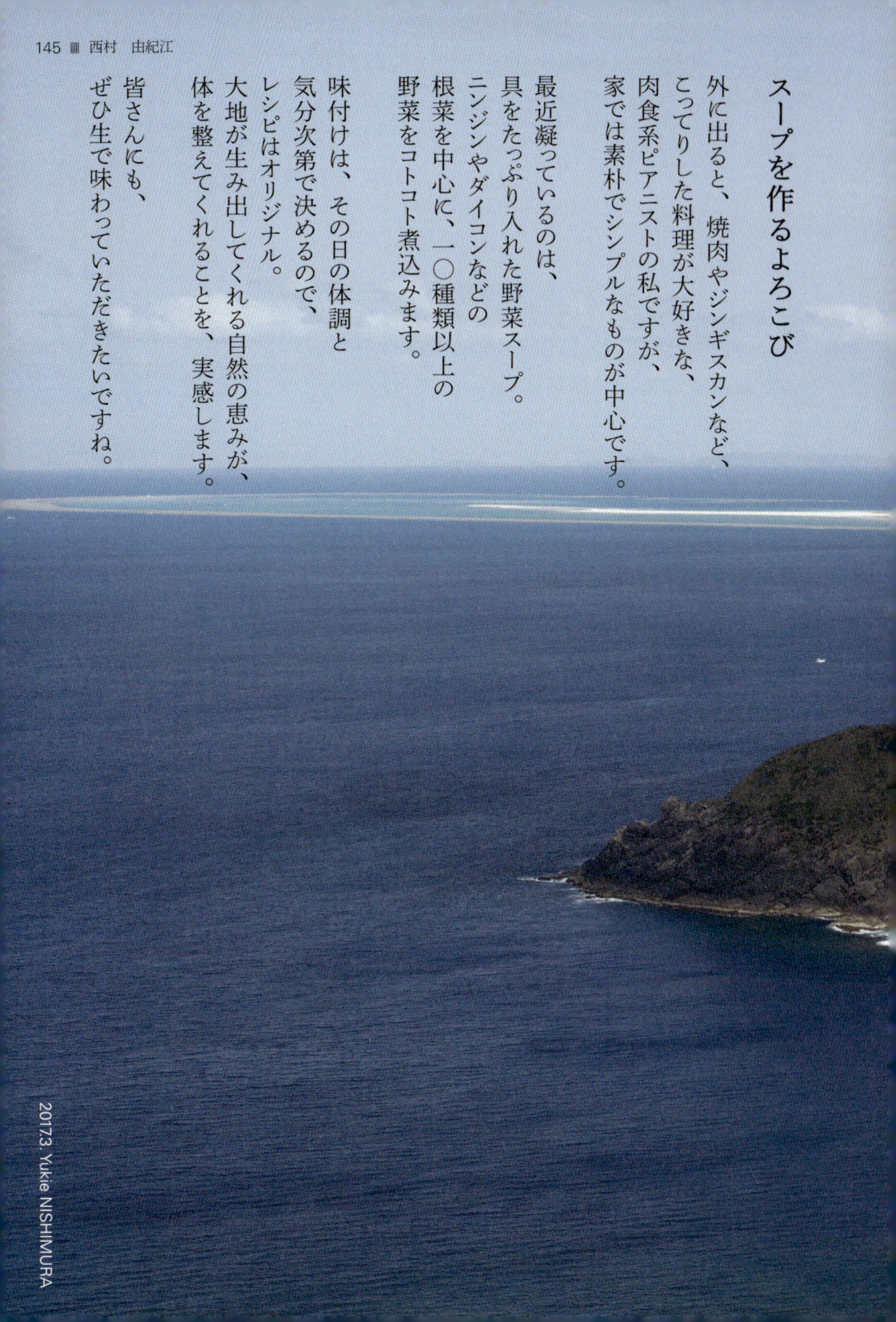

スープを作るよろこび

外に出ると、焼肉やジンギスカンなど、
こってりした料理が大好きな、
肉食系ピアニストの私ですが、
家では素朴でシンプルなものが中心です。

最近凝っているのは、
具をたっぷり入れた野菜スープ。
ニンジンやダイコンなどの
根菜を中心に、一〇種類以上の
野菜をコトコト煮込みます。

味付けは、その日の体調と
気分次第で決めるので、
レシピはオリジナル。
大地が生み出してくれる自然の恵みが、
体を整えてくれることを、実感します。

皆さんにも、
ぜひ生で味わっていただきたいですね。

2017.3. Yukie NISHIMURA

20173. Yukie NISHIMURA

ザルツァハ川の思い出

「サウンド・オブ・ミュージック」は、
子どもの頃から大好きな映画です。

舞台であるザルツブルクには、
音大を卒業後、
短期留学で滞在することができました。

町の中心を流れる「ザルツァハ川」も、
子どもたちが「ドレミの歌」を歌った橋も、
映画の公開から三〇年以上過ぎているのに、
当時の姿で残っていました。

二年前、休暇で訪れたときも、
雰囲気は変わらないまま。
歴史と景観を守る人々の姿勢は、
そのままふるさとへの愛情なのでしょう。

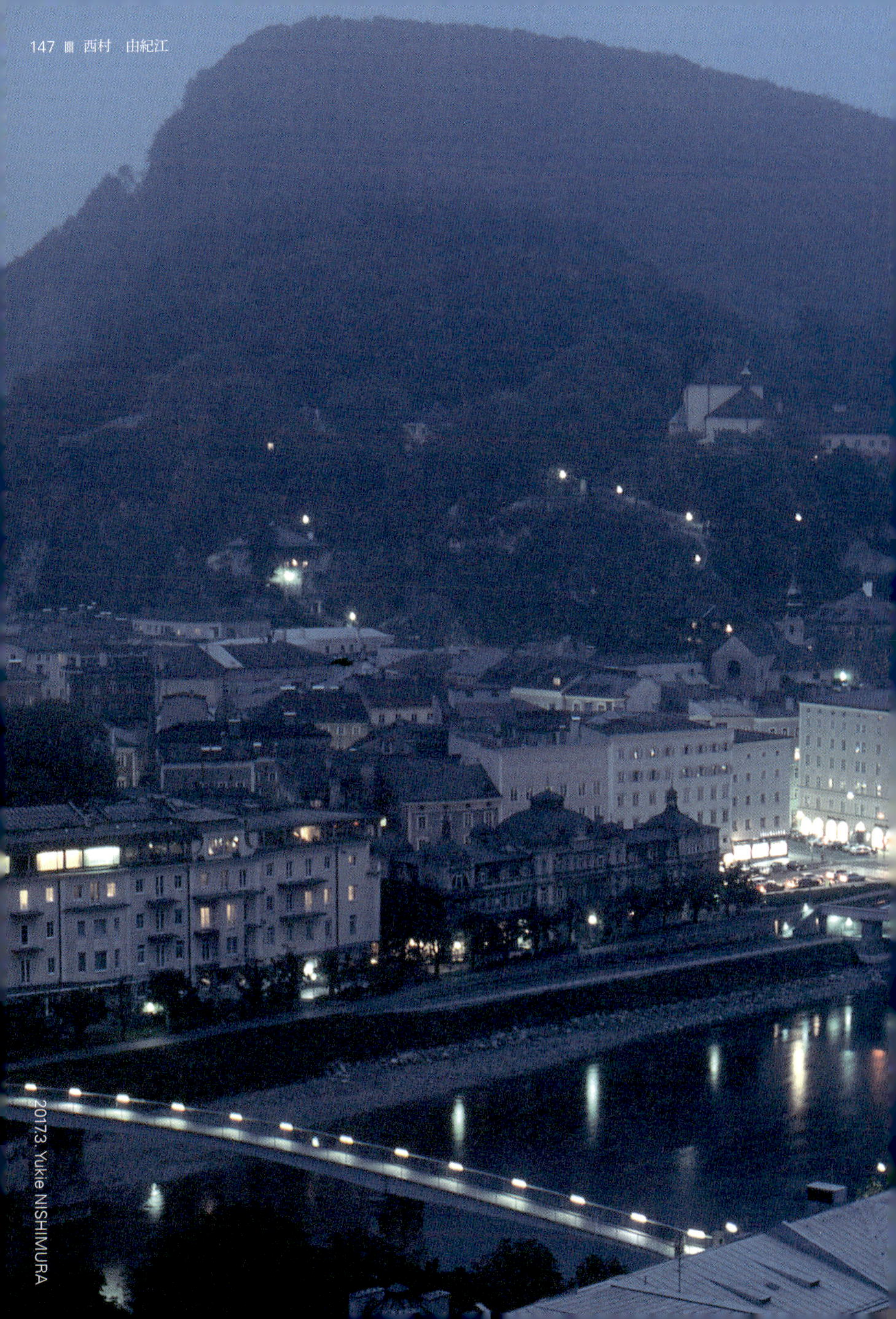

2017.3. Yukie NISHIMURA

ベリーグッドマン MOCA Rover

アーティスト

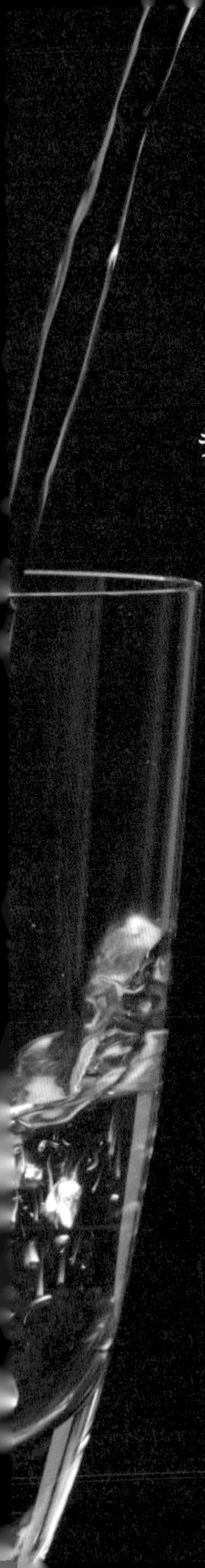

ライブの水

MOCA 「ステージで水分補給
って言ったら、水だよね」
Rover 「うん。
ホントはビールを飲みたいんだけど」
MOCA 「君は、水でも酔っ払うでしょう!」
Rover 「そうなんだよ、
ステージだと水でもハイになれる。」
MOCA 「確かにそうですね、
スタジオではそんなことはないのに。
それがライブの魅力というか。
水もいろいろあるんだけど、
硬水は苦手なんだよね」
Rover 「HiDEX もそう言ってた、
いろいろ試したんだけど、
すぅっと入ってこない水もあるの」
MOCA 「ノリの良いライブのときは
水も美味しいってことですね」
Rover 「そうそう、おいしい水で
熱いライブを聞かせますので、
ぜひ聞きに来てください」

水と命

Rover　「MOCA君は、水に忘れられない
思い出があるんだよね」
MOCA　「以前、奥さんが妊娠中、
合併症になってしまって、
薬を飲んでも、
あまり改善しなかったんです。
そこで、体の水分を循環させるために、
毎日二リットルの水を飲むようになって、
体調が回復したんです」
Rover　「無事に産まれた時は、
泣いてたもんね」
MOCA　「うん、あのときほど
水の力を感じたことはなかったね」
Rover　「子ども、元気にしてますか？」
MOCA　「もう、一歳三ヵ月。
元気すぎて手を焼いてます」

2017.4. BERRY GOODMAN

2017.4. BERRY GOODMAN

海の魅力

Rover　「僕たちの休日というと、
海のイメージがありますね」
MOCA　「Rover 君、去年沖縄行ったんだって?」
Rover　「そう、座間味にある無人島。
エメラルドグリーンの、
最高にきれいな海でした。
シュノーケリングも初めてやったんですが、
海の中はまさにパラダイスって感じでしたね」
MOCA　「ボクは以前、
海の家で店長をしていたときに、
小型船舶の免許を取りました」
Rover　「今でも乗れるの?」
MOCA　「もちろん!
ジェットスキーでバナナボート引っ張るのが
仕事でしたから。」
Rover　「それ、今年の夏は行きましょう!」

雨のインスピレーション

MOCA　「Rover 君が詞を書いた、
「ありがとう～旅立ちの声～」
という曲には、
雨という言葉が出てくるんですが」

Rover　「雨って、寂しさとか、
切ないイメージがあるじゃないですか」

MOCA　「そういえば「Eye to Eye」にも
雨が登場しますね」

Rover　「雨の日って、
気分も落ち込むのですが、
逆に落ち着いて曲作りができるんですよ。
バラードにふさわしいフレーズも思い浮かぶし」

MOCA　「さすが、ベリーグッドマンきってのロマンチスト！
名曲は雨の日に生まれるんですね」

Rover　「梅雨明けには
新曲に期待してください」

2017.4. BERRY GOODMAN

台風とのライブ

MOCA　「以前に、長崎の野外ライブで、
台風とバッティングしたことがありましたよね」
Rover　「ありましたねー、
昨年二〇一六年ですね。
イベント自体は中止になってしまいまして、
打ち切られたんですよね、
残念だったなと思いますけど」
MOCA　「でも忘れられないライブの
一つになりましたね」
Rover　「メンバーもお客さんも、スタッフも、
みんな一丸となって、
気持ちが一つになって、
いつも以上に盛り上がりましたね」
MOCA　「台風に負けるか！
っていう気持ちだったんですが」
Rover　「最後の曲、コンパスっていう曲で
みんなが雨に濡れながらも
ピースサインを掲げて、
感動のライブでしたね。
結果的には台風に
パワーをもらったのかもしれませんね」

2017.4. BERRY GOODMAN

登坂絵莉

女子レスリング金メダリスト

水辺の思い出

私は、小学校三年生の頃からレスリングを始め、
以来、レスリング一筋、と思われがちですが、
水泳も、同じくらい大好きでした。
夏休みのプール開放には、友達と一緒に毎日通い、
夏休みの終わりには、
出席簿が私と友達のところだけ
全部、○がついていたくらいです。

水といえば、父がサーフィンをやっているので、
いちど一緒に連れて行ってもらいましたが、
とても難しくて、
気づいたら溺れていました。

少しくらい溺れても、水の中は大好きです。
時間があったら、また海に行きたいですね。

ウォーター・コントロール

私は、汗をかきやすい体質なので、
練習の後は、二キロくらい
体重が減ってしまいます。

階級制のレスリングでは、
アスリートとしての肉体と、
ベストなウェイトを維持するために、
練習中の水分補給には、
とても気を使います。

脱水症状にならないよう、
ガブ飲みはしないで、
こまめに少しずつ飲むのが、
体調管理には良いようです。

でも、夏場の練習中に飲む水は
とくにおいしくて、
ついつい量を飲みすぎてしまうんですよね。

2017.5. Eri TOSAKA

温泉に癒される

夏のレジャーといえば海やプールですが、
冬の楽しみといったら、
なんといっても温泉ですね。
故郷の富山県には、
宇奈月温泉をはじめ、
素敵な温泉がたくさんあるんです。
レスリングの先輩や後輩、
お友達と一緒に
わいわい入るのも楽しいですが、
一人で入って、何も考えずに
ボーっと温まっているのも大好きです。

海外へ試合に行くと、
素敵なホテルに泊まれるのは
うれしいのですが
シャワーしかない国が多くて、
日本の温泉やおふろが恋しくなりますね。

もっと、世界へ

二〇一六年のリオデジャ・ネイロでは、
試合に集中するため、
ほとんど観光はできませんでしたが、
二〇一五年に、
世界選手権で行ったラスベガスでは、
ベラージオホテルの噴水を
見に行くことができました。
映画などにも登場する、
有名な観光名所で、
音楽に合わせて水と光が一体となる、
ダイナミックな美しさは、
今も忘れられません。

現在、私は二〇二〇年の
東京へ向けて全力を尽くしています。
その後は、
まだ見たことのない景色を探しに、
海外留学ができたら良いですね。

2017.5. Eri TOSAKA

2017.5. Eri TOSAKA

雨女のなげき

私は、昔から雨女で、
大切な日には、必ず雨が降ります。
家族はみんなアウトドアが好きなので、
もう一〇回以上もキャンプに行きましたが、
毎回雨で、我ながら情けなくなりました。
海水浴に行っても雨で、
仕方なく屋内の温水プールに入って
遊んだこともあります。
レスリングはインドアスポーツなので、
あまり天気には左右されませんが、
休みの日が晴れると、
とても嬉しくて人一倍はしゃいでしまうんですよ。

2017.5. Eri TOSAKA

片岡健太

4人組バンドsumika　ボーカル・ギター

体と心を、水は流れる

歌い始めた高校生の頃は
喉を壊しやすくてライブのたび、
声を枯らしてしまっていました。
バンドのボーカルとして歌っていくには、
のどに潤いを欠かしてはいけないはずだ、
という意識があり、
どこへ行くにも、大きなペットボトルを持ち歩いて、
毎日四リットルくらいの水を、飲んでいました。
今もその習慣は続けています。
水には、流れて行くイメージがありますよね。
自分の体内の水も、つねに流れて行くように、
水が枯れてしまうと、
精神的にも思考が止まってしまうように思うんです。
体にも、心にも、水の流れが、欠かせません。

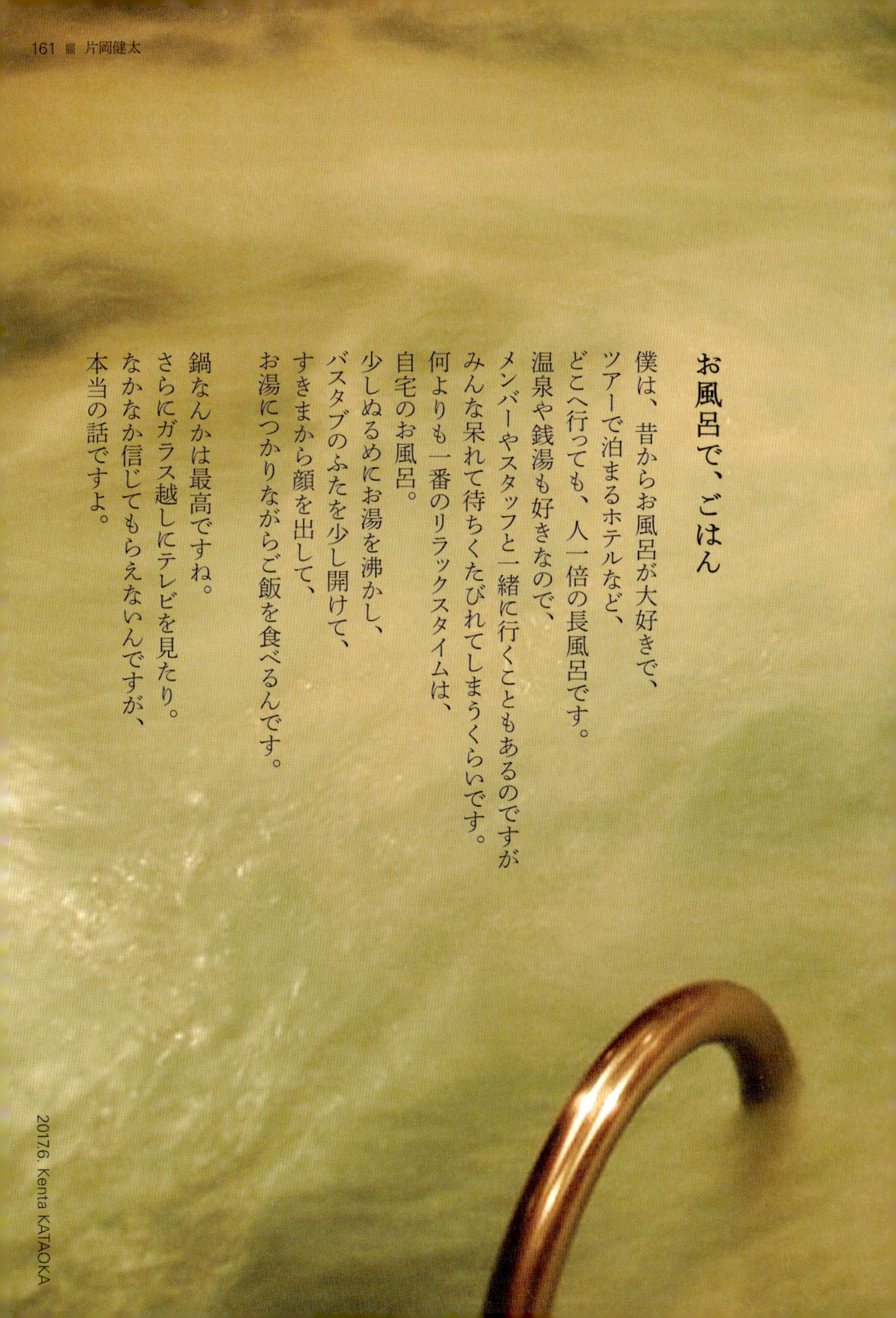

お風呂で、ごはん

僕は、昔からお風呂が大好きで、
ツアーで泊まるホテルなど、
どこへ行っても、人一倍の長風呂です。
温泉や銭湯も好きなので、
メンバーやスタッフと一緒に行くこともあるのですが
みんな呆れて待ちくたびれてしまうくらいです。
何よりも一番のリラックスタイムは、
自宅のお風呂。
少しぬるめにお湯を沸かし、
バスタブのふたを少し開けて、
すきまから顔を出して、
お湯につかりながらご飯を食べるんです。

鍋なんかは最高ですね。
さらにガラス越しにテレビを見たり。
なかなか信じてもらえないんですが、
本当の話ですよ。

2017.6. Kenta KATAOKA

温泉に癒される

突然ですが、皆さんは
植物が水を飲む音を
聞いたことがありますか?
いま、自宅で
ベンジャミンとベンガレンシスという
観葉植物を育てているのですが、
窓を締め切って、
音をなくした部屋で水をあげると、
ゴクゴクゴク、と、音が聞こえるんです。
この音を聞いて以来、
お互い生きてるんだなぁ、と実感して、
植物が一層、愛おしくなりました。
今は、リトルベンとビッグベンという
名前をつけて話しかけたり、
最近は、
ステージにも連れて行っています。

フルアルバムのタイミング

お風呂に入っていると、
曲作りのインスピレーションがわくことが、
多くあります。
何でだろう?と考えてみたのですが、
きっと、全身を洗い流して、
リフレッシュすることで、フラットな状態に
なれるからなのではないでしょうか。
今年の夏、僕たちsumikaは、
結成四年目にして、
初のフルアルバムを
リリースすることになりました。
メンバーもスタッフも
家族の様な関係性を築けた、
最も充実したタイミングで、
どの曲もフレッシュな気持ちで作り、
演奏することができたと思います。
是非、聞いてみてください。

2017.6. Kenta KATAOKA

2017.6. Kenta KATAOKA

ぼくらの住みか

家の近くを流れる、多摩川の河川敷は、
sumika の原点のような場所です。

メンバーやスタッフとお酒を飲んで、
夜通し話をしたり、
キャッチボールをしたり、思い出はつきません。
sumika というバンド名は、
みんなが快適に過ごせる家、
という意味で名付けました。

欲しい物は世界にたくさんあるけれど、
一番大切な空間は、やっぱり我が家。
さわやかな河川敷のように、
みんながいつでも集まれる
居心地の良い空間や音楽を、
これからも作っていきたいですね。

2017.6. Kenta KATAOKA

吉田栄作

俳優・歌手

ローマの休日

七月後半二六、二七日が大阪（梅田）ドラマシティ、
七月三〇日から八月六日は
（東京）世田谷パブリックシアターで、
舞台「ローマの休日」に出演します。
誰もが知っている名作映画、
あの「ローマの休日」の舞台化で、
映画をリスペクトしつつ、
更に深みを増した内容になっています。
ダルトン・トランボの人生・ヘップバーンの生き方（願い）も
反映されていて、見ごたえ充分です。
さて、休日と言えば、
僕の場合は海と太陽のある場所ですね。
海からもらう、自然の力が、
大きな活力になっています。

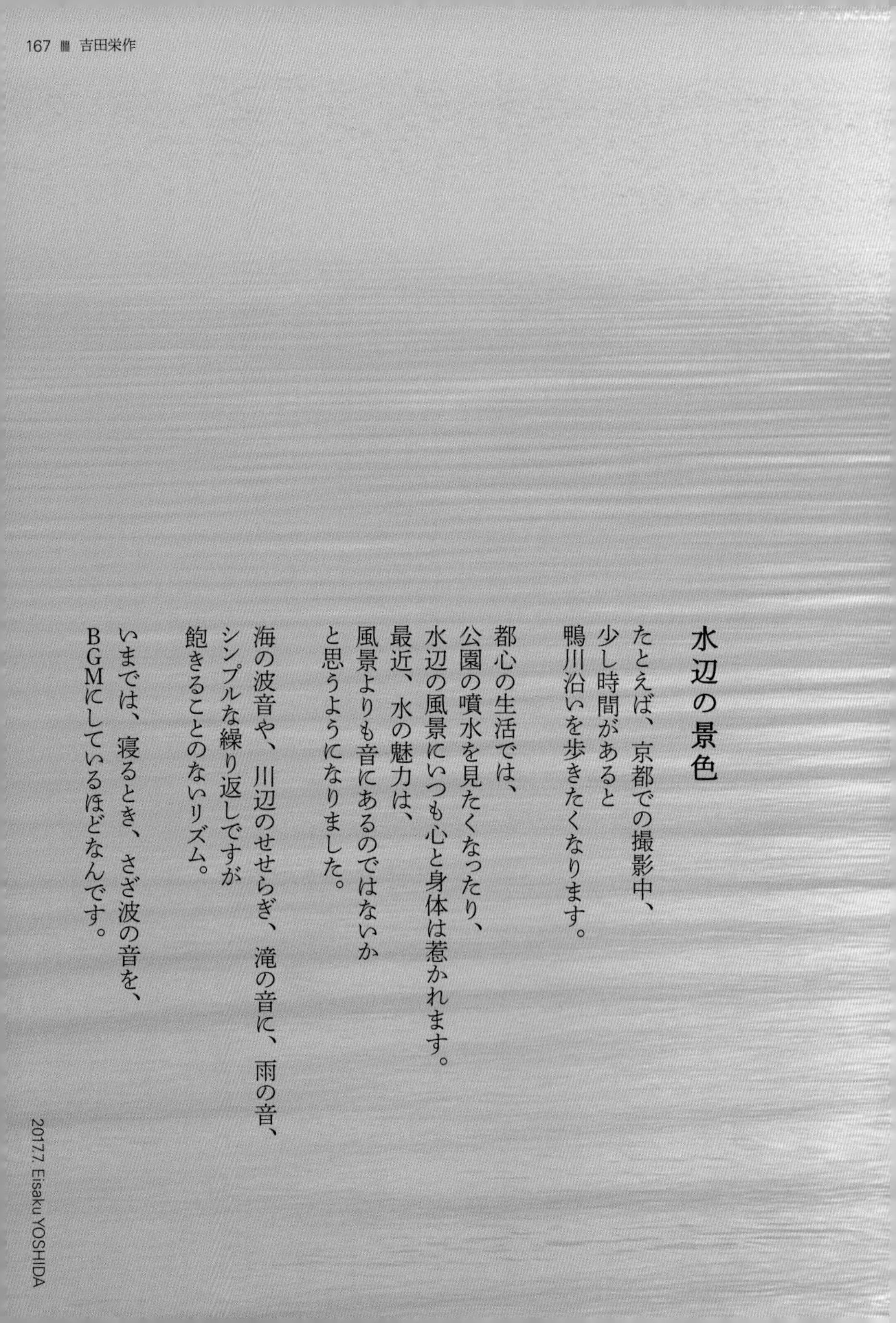

水辺の景色

たとえば、京都での撮影中、
少し時間があると
鴨川沿いを歩きたくなります。

都心の生活では、
公園の噴水を見たくなったり、
水辺の風景にいつも心と身体は惹かれます。
最近、水の魅力は、
風景よりも音にあるのではないか
と思うようになりました。

海の波音や、川辺のせせらぎ、滝の音に、雨の音、
シンプルな繰り返しですが
飽きることのないリズム。

いまでは、寝るとき、さざ波の音を、
ＢＧＭにしているほどなんです。

2017.7. Eisaku YOSHIDA

2017.7 Eisaku YOSHIDA

故郷 秦野、丹沢の名水

私の故郷、神奈川県秦野市は、
丹沢のふもとにあり、
名水百選の一位にも選ばれる、
水の名所です。

街の中心を流れる
水無川を上流に進むと、
水と緑があふれる、
素敵なキャンプ場があり、
周囲には、
美しい水田も広がっています。

子供の頃、よく遊びに行った
母の実家は滝があり、
いつも水が流れる音を聞いていました。

近年では、都心から最も近い、
水の名所として人気の、秦野。
私には、自慢の故郷です。

水が合う話

蛇口をひねれば、
丹沢山麓の天然水が飲める
秦野市で育った私は、
水にはかなり、敏感です。

初めて一人で部屋を借りたときは、
水の匂いがとても気になったし、
海外や、地方によっては、
どうしても
水が喉を通らないこともあるんです。

ところが二〇年ほど前、
ロサンゼルスで暮らしたときは、
飲み水もシャワーも、
相性がピッタリ。
さんさんと降り注ぐ太陽を浴びて、
快適に過ごしました。
ロサンゼルスの水の味、
今も、懐かしく思い出します。

2017.7 Eisaku YOSHIDA

2017.7. Eisaku YOSHIDA

サーフィン

高校時代に始めたサーフィンは、
今も熱が冷めない、最高の趣味です。
波を待ち、波をとらえる、
キャッチ・ザ・ウェーブの瞬間は、
何もかもを忘れて集中できるひと時です。
波に飲み込まれ、打ちのめされたときも、
なぜか気持ちの良い悔しさを味わえるのです。
私のホームビーチ、神奈川県の湘南は、
すぐそばに江ノ島があり、
サンセットタイムになると、
金色に輝く富士山を見ることもできる、
日本でも有数の、人気サーフスポットだと思います。

2017.7. Eisaku YOSHIDA

坂口佳穂

ビーチバレー選手

故郷・宮崎のおじいちゃん

私のふるさとは、宮崎県の串間市。
毎年夏になると、
近くの高松海水浴場に行くのが楽しみで、
小学一年生の頃から、
ウェットスーツを着て、足ヒレをつけて、
ダイビングを楽しんでいました。

忘れられないのは、
おじいちゃんと一緒に行ったとき、
ウニを取って食べたこと。美味しかったなぁ！
今思えば、ビーチバレーにトライしている、
私の原風景でした。
残念ながら、おじいちゃんは亡くなりましたが、
海に行くたびに、思い出す風景です。

ビーチバレーの水事情

どんなスポーツでも、
水分補給は大切ですが
ビーチバレーは、
夏の屋外で行うこともあり、
とくに重要です。

三〇分から四〇分くらいのゲーム中、
タイムアウトやセット間に四、五回、
水分補給を行いますが、
あまりに暑い場合は審判の判断で
増やすこともあるんです。

選手はもちろん、
審判やスタッフ、そしてお客さんも、
水の大切さ、美味しさを強く
感じているスポーツなのではないでしょうか。
皆さんも、おいしいお水を持って、
試合を見に来てくださいね。

20178. Kaho SAKAGUCHI

家族の温泉旅行

私には、双子の弟と、下にも三人、
あわせて四人の弟がいます。

家族はみんな仲良しで、
年に一度は家族旅行に行くんですよ。
旅行を計画するのはいつもお母さんで、
箱根や信州の野沢温泉、
山形の銀山温泉など、
温泉が多いようです。

みんなが疲れを癒せるように、
と考えているのでしょうが、
母と二人で温泉につかったり、
散歩をしたり、
私には家族との時間が、
一番のリフレッシュになっています。

目覚めの水

子供の頃からお母さんに、
目覚めの一杯の水は、
血流が良くなるから必ず飲むように
と言われていました。

たしかに水が体の中に入っていくと
体が目覚める感じがして、
一人暮らしを始めてからも、
毎日飲み続けています。

私の場合、あまり冷えているのは苦手で、
一年を通して暑いときでも
常温の水が、体に合うようです。
美味しい水と一緒に、国内大会の優勝と、
二〇二〇年、東京での活躍を目指します。

2017.8. Kaho SAKAGUCHI

2017.9. Eriko HORIKI

堀木エリ子

和紙作家

水の偶然性

陶芸は、火の芸術といわれますが、
紙すきは水の芸術です。
畳三畳分もある大きな和紙を漉くときには、
一〇人がかりでタイミングを合わせます。

人の力はせいぜい七割、
残りの三割は水の力による偶然性が
和紙の仕上がりを左右します。

一〇〇パーセント思い通りに
仕上がることはありませんので、
思い通りにならない苦しみもありますが、
その偶然性は大きな楽しみでもあります。
水とともに作り出す和紙の世界。
楽しみながら、追い求めたいと思っています。

2017.9. Eriko HORIKI

白い紙と、神への畏敬

中国から伝わった紙づくりの技術。
職人さんたちは、
白い紙が神様につながると考えて、
冷たい水に手を浸して原料を選別したり、
何度も清らかな水にくぐらせて、
和紙に汚れのない白さを求めてきました。

お金や品物を浄化するために、
祝儀袋やのし紙を使ったり、
年末には障子を貼り替えて、
新しい年神様をお迎えする。
神社では、紙垂と呼ばれる白い紙を
結界にしています。

和紙に込めた、
神様や自然への畏敬と祈りは、
いつまでも大切にしたい、
日本人の心です。

世界へかける夢

かつては、日本中に、
紙漉きを行う集落がありました。

より美しく、強い和紙を求めて、
清らかな水とともに、
紙作りの技術を高めてきました。
現代では、
燃えない、汚れない、破れない、変色しない、
などの技術開発も進化しています。

二〇二〇年の聖火台を、和紙で作りたい。
それが、いまの私の夢です。

日本のものづくりの可能性と、
和紙という伝統素材の力を、
祈りのともしびとともに、
世界に発信したいと夢見ています。

2017.9. Eriko HORIKI

福井県で見たもの

私はもともと、アートや伝統工芸とは、
あまり縁のない普通のOLでした。

あるとき、福井県・武生にある
越前和紙の工房を訪れました。
冷たい水に腕をつけて、
体から湯気を上げて作業をする
職人さんたちの姿を見た時の、
神々しいほどの美しさは、大きな衝撃でした。

この素晴らしい技術と営みを
次世代に送らなくてはという思いから、
和紙の世界に飛び込みました。

独学で創作活動をして、
今年は三〇周年です。
今後は、後進を育てることが、
大きな課題の一つです。

和紙の可能性

漉きたての和紙に、
水滴を投げつけたり、
いろいろな異素材を漉き込んだり。
新しい技術に挑戦し始めた当初、
いつも周りからは、邪道だと言われました。

伝統と革新は対極にある言葉ではなく、
革新の積み重ねが伝統になるのだと思います。

畳一畳分が限界だった大きさも、
今では一〇メートル以上の和紙制作が可能になって、
立体的に漉き上げる技術も生み出しました。

伝統を未来へつなぐということと、
革新を伝統に育てる、
ということを両立して次世代へつなぐ。
それが、私の信念です。

2017.9. Eriko HORIKI

鈴木尚子

SMARTSTORAGE! 代表

妹の水遊び

子供の頃の私は、親の言いつけを守る、
いわゆる良い子でした。
一方、四歳下の妹は正反対、
天気の日にはホースで水を撒いて虹を作ったり、
雨上がりには公園の水たまりに飛び込んで、
泥水で頭を洗ったり、
ハラハラするような、
やんちゃな女の子だったのです。

そんな妹も、妻になり母になり、
いまは私以上にしっかりした人生を歩んでいます。
私の周囲には、
子育てに悩むお母さんがたくさんいますが
無邪気な水遊びは、大目に見てあげたいですね。

流れる水のインスピレーション

シャワーを浴びている途中に、
仕事のアイデアがひらめくことが多いのですが
素晴らしいアイデアだったのに、
まとめようと机に向かうと、
ぼんやりしてしまう……。

以来、行き詰まると近くに携帯を置いて、
いざという時録音できる状態にして
シャワーを浴びる習慣がつきました。

いまでは、アロマオイルを入れた浴槽で
考えをまとめたり、
講座のリハーサルも、お風呂でしています。
水の音が脳細胞を刺激して、

体の中も外もリフレッシュしてくれるそうで、
シャワーの効能は、存分に活用したいですね。

2017.10. Naoko SUZUKI

保存水の保存法

ここ数年、家庭の収納で悩みとなっているのが、
非常用の保存水の置き場所です。
日常生活の邪魔にならず、すぐに持ち出せる場所は、
階段の下や廊下、リビングなど、
限られたスペースの中では、
なかなか見つかりません。

最近は住居を建てる際に、
設計面から考えているケースもありますが、
ベッド周りのデッドスペースや、
非常時に水のタンク代わりになる
リュックなどもおすすめです。

住まいの模様替えや片付けは
もしものときを考える、絶好のチャンスなんですよ。

納戸の作業と脱水症状

ライフオーガナイザーの仕事には、
個人宅の片付けが多くあります。
ことに納戸や倉庫、地下室など、
ふだんは使わないスペースでの
大規模な作業は、私たちの腕の見せ所です。

しかし、こういった場所にはエアコンがないため、
熱中症対策が大切になります。
スタッフには、冬でも水をリットル単位で用意してもらい、
夏場は保冷剤も準備します。

皆さんも、日頃使わない場所での片付けは、
体調管理に気をつけて
適度な休憩と十分な水分補給を
心がけてくださいね。

2017.10. Naoko SUZUKI

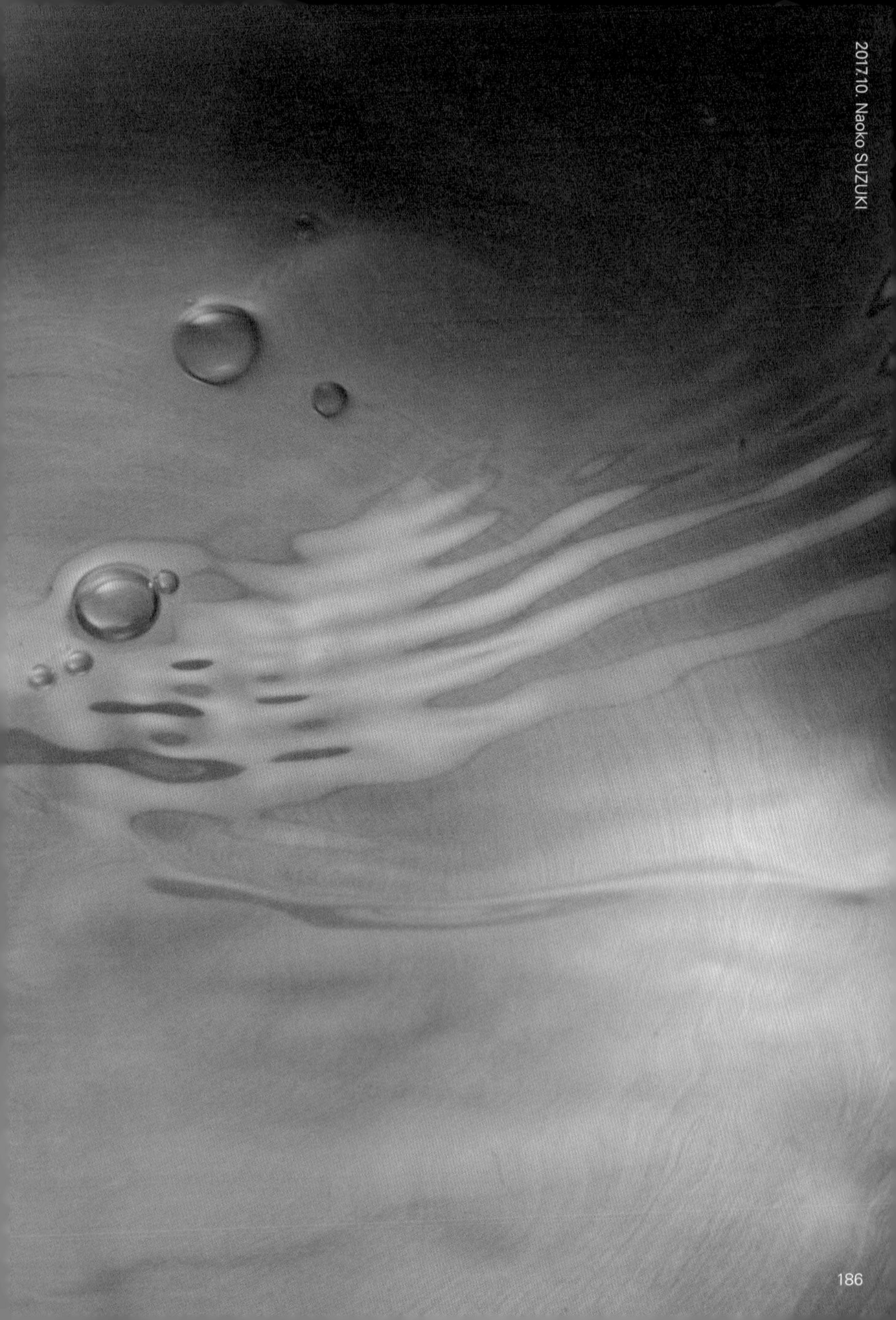

2017.10. Naoko SUZUKI

クローゼットオーガナイザー®

クローゼットオーガナイザーは、
依頼主のクロゼットを、
より使いやすくする仕事です。
体型や骨格、
生活環境やライフステージから、
最も似合うスタイルを
探してあげるのですが、
外から見るイメージと自分の好みには、
結構、ギャップがあるものです。

私自身も、ピンクや赤に憧れたのですが、
子供の頃から寒色系が似合うと言われ、
今ではデニムや水色が
好きな色になりました。

自分のカラーをきちんと把握して、
無駄のないコーディネートを
目指してください。

2017.10. Naoko SUZUKI

石井竜也

アーティスト

水は日本の原点

九〇年代に、「河童」をはじめとする
映画の制作を手がけたのですが、
コンセプトはいずれも「水」でした。

当時はバブル景気の真っ只中で、
日本全国、ゴルフ場やリゾートの建設ラッシュ、
次々に美しい自然が失われてゆく時代だったのです。
自然破壊によって、水は浄化能力を失い、
川も、海も、大地すらも汚染され、
農業や漁業にも悪影響を及ぼしていきます。

映像を通じて伝えたかった、
水は日本人の「みなもと」というメッセージは、
いまも変わらず持ち続けています。

水は命の財産

もう二〇年にもなりますが、
自宅には常に二週間分の水を備蓄しています。
防災用品はたくさんありますが、
水と光はまさに命綱です。

いつ大きな地震が来てもおかしくない
災害国に住んでいる以上、
水は、最低限の持つべき財産だ
というのが私のフィロソフィ。

娘が生まれてからは、
量だけでなく、
より健康的な水を
求めるようになりました。
彼女もいずれは
私のもとから巣立ってゆくのでしょうが、
水の大切さは、
しっかり教えてあげたいと思います。

2017.11. Tatsuya ISHII

2017.11. Tatsuya ISHII

水の生命力

私の故郷、北茨城の五浦海岸は、
明治時代に岡倉天心が
日本美術院を作ったことで
知られています。
私自身も、子供のころから
海を眺めるのが大好きでした。

親交のある日本画家の千住博さんは、
滝の前に一頭の牡鹿が現れた姿を見て、
野生の美しさに心を打たれ
以来、様々な滝を描き続けています。
海が、滝が、水が持つ
大きな生命力は、
いつの時代にも
創造力の原点だと思います。

ダイヤモンド メモリーズ

九月にリリースしたニューアルバムでは、
一九七〇年代半ばからの
ニューミュージックの
ヒットナンバーをカバーしています。
当時を知らない
若いミュージシャンたちが、
とても新鮮な気持ちで、
アルバム作りに取り組んでくれました。

いま、人々の気持ちは、
暗く、ピリピリしているように感じます。
乾いた砂漠に水を求め、
ダイヤモンドの輝きを探したい。
そんなコンセプトで作った
「ＤＩＡＭＯＮＤ ＭＥＭＯＲＩＥＳ」。
あのころが懐かしい方も、若い世代の方も、
ぜひ、聴いてみてください。

2017.11. Tatsuya ISHII

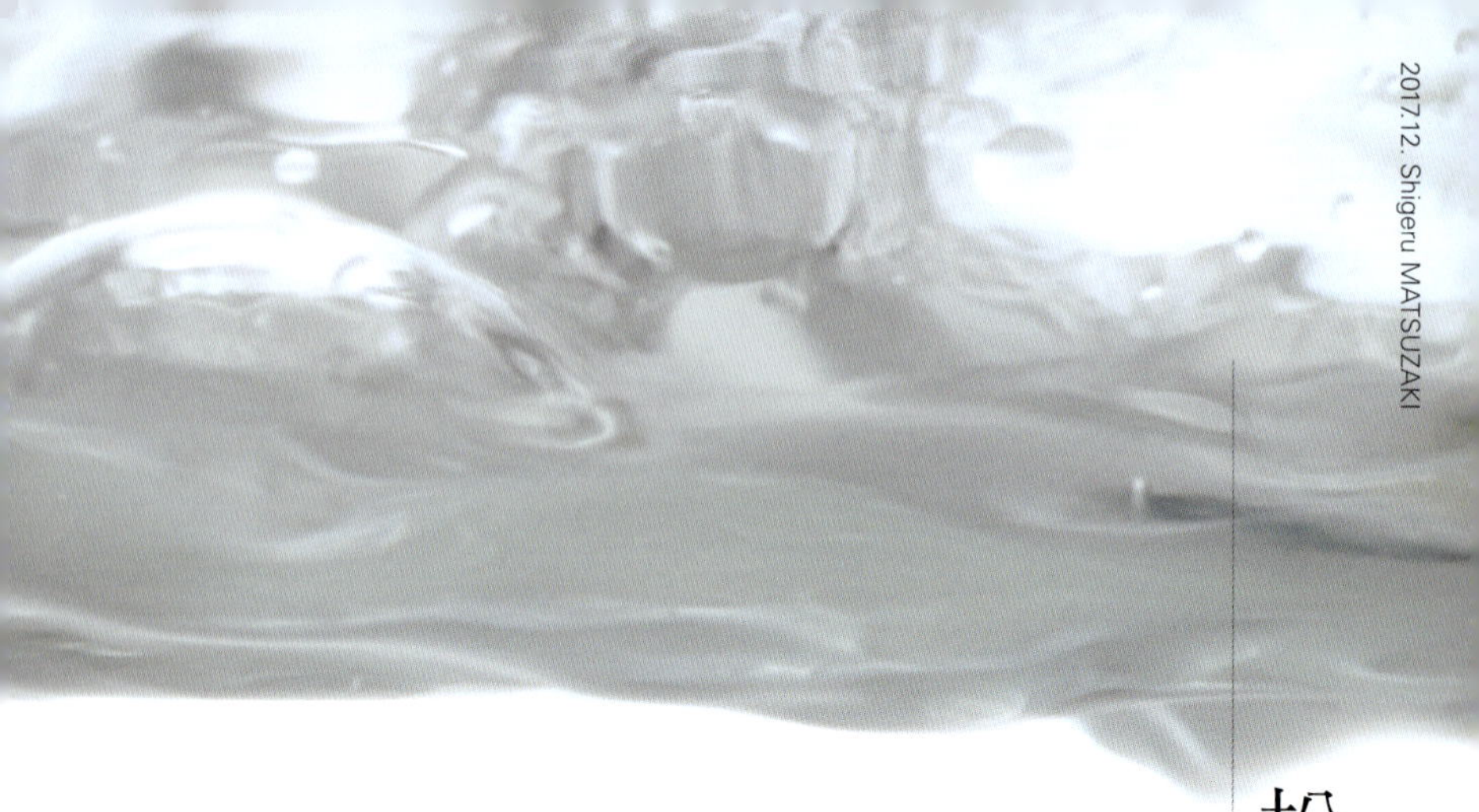

松崎しげる

アーティスト

おいしい水とともに

ご機嫌いかがですか、松崎しげるです！
子供の頃から、
食事中に飲むといえば水でした。
いまでも習慣になっていて、食事中には必ず、
ジョッキ一杯の水、いや、一杯で足りるかな？

高校生までは野球に熱中していました。
泥だらけになって、
動けなくなるくらいまでボールを追いかけてね、
練習後に飲む水のウマさ！
これ皆さんおわかりですよね？
そしてお酒！　大好きです！
体のためにもお酒飲んだ時には、
水飲みましょう。

ディナーショーキング

年末はディナーショーの季節です。
ディナーショーキングの私としては、
歌って歌って、歌いまくる
僕の相棒はやはりお水です。
お水を一口、喉がリフレッシュする。

屋外コンサートですと、
天候が心配になりますよね？
私の場合、
雨が降っていても風が吹いていても、
自然の演出と考えて
テンションが上がります。

そう、松崎しげるはどんなステージでも
テンションマックスで歌っています！

2017.12. Shigeru MATSUZAKI

雨に唄えば

一九七〇年のデビュー以来、
「愛のメモリー」をはじめとして、
数え切れないくらい歌いましたね。
オリジナルも、スタンダードも、
ロックもバラードも、
忘れられない名曲ばかりです。

「Singin' in the Rain」
ジーン・ケリーの映画でも
有名な曲です。
土砂降りの雨の中でも
心の中には太陽が輝いている、
男のハッピーを
十分に歌った素晴らしい曲です。

聞いている皆さんも
ハッピーになれるように、
末長く、大切に
歌い続けていきたいですね。

水のある風景

東京生まれの私にとって、
七〇年代、八〇年代の
水辺の風景は、
汚染が進んで
とても好きには
なれませんでした。

その分、地方に行くと、
水の美しさが、
一層輝いて見えますよね。
コンサートツアーで
名水百選、いっぱい出会いました。
九州の湧き水なんてとても美しい、
自然が持つ強い生命力を感じました。

最近、東京の海とか川が
少しずつ浄化されて、
何よりも嬉しく感じています。
かけがえのない故郷です。

2017.12. Shigeru MATSUZAKI

2017.12. Shigeru MATSUZAKI

マリンスポーツ

私といえば、
日焼けした肌の色が
すっかりトレードマークになりました。

マシンも使いますけど、
夏の日差しが一番好きです。
まとまった休みには、
サーフィン、ダイビング、マリンスポーツで
目一杯体を動かし、
その後、シャワーを浴びるのが
大好きなんです。

おいしいお酒を
グイッと呑むひと時は、
最高のリフレッシュタイム。
太陽と水からもらうパワーが、
私の元気の源、
自然の恵みには感謝でいっぱいです。

2017.12 Shigeru MATSUZAKI

企画

三菱ケミカル・クリンスイ株式会社

企画協力

株式会社J-WAVE
株式会社FM802

Special Thanks!

石橋美智子（株式会社J-WAVE）
岩野航太（株式会社J-WAVE）
髙井英昭（株式会社FM802）
高柳亘（株式会社FM802）
松原豊（株式会社カリブー）
吉田茂（株式会社クオラス）
池田宏樹（三菱ケミカル株式会社）
田中佐知子（三菱ケミカル・クリンスイ株式会社）
溝原ゆかり（三菱ケミカル・クリンスイ株式会社）
礒嵜清恵（三菱ケミカル・クリンスイ株式会社）
佐倉寛二郎（株式会社クロスメディア）

写真
大川裕弘

造本・装幀
岡 孝治 ＋ 清水絵理子

water alive

水《みず》風《ふう》景《けい》
2015-2017

2018年3月10日　第1刷

著　者　小林《こばやし》聖太郎《せいたろう》ほか

印　刷　シナノ印刷株式会社

製　本　東京美術紙工協業組合

発行者　成瀬雅人

発行所　株式会社 原書房
〒160-0022
東京都新宿区新宿1-25-13
電話・代表　03(3354)0685
http://www.harashobo.co.jp/
振替　00150-6-151594

ISBN978-4-562-05484-8　Printed in Japan